陳柏煜 著

弄泡泡的人

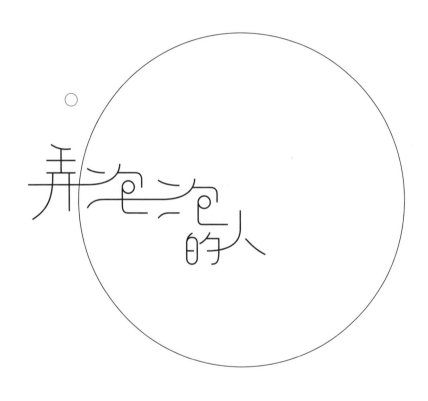

愛人能走過蛛絲——
飄盪在遊戲的夏日空氣
——而不墜落，虛華是多麼的輕啊

——*Romeo and Juliet*, Act 2, Scene 5

目錄

推薦序

輯一　細線

輯三　夜返

輯四　擦火柴

推薦序

我美麗的糖果男孩

林俊頴

I

收到《弄泡泡的人》排版的影印，翻開第一頁，必須承認，我是誤闖進了一座歧路花園，遍地魅麗，空氣中滿滿的嗆鼻卻鮮烈的青春費洛蒙。面對所有企圖引人暈眩的陷阱，我與作者一起警醒著。

像我這樣一個世故的讀者，並沒有為入口的廣場弄泡泡的魔法師所迷惑，眼光穿越，這花園的邊界還是盡頭，有一座古老牌坊，「假作真時真亦假，無為有處有還無」，繼續前行，有一座宮門，上面橫書四個大字，「孽海情天」，一副對聯，

「厚地高天，堪歎古今情不盡；癡男怨女，可憐風月債難償」。（請容忍我不合時宜的古典脾胃吧。）

不，該是癡男怨男才對，都什麼年代了，情愛就是兩個人（以上）的事，分什麼同性異性，又何必假借什麼同志修辭，男男情愛也就是如此這般，遇合摩擦生火花，長愛憎，再回頭望，電光石火，煩惱、苦痛並快樂著。

作者陳柏煜，千真萬確的美少年寫書人，果然是二十一世紀版的警幻仙子？更必須承認，這是讀者的幸福，誤入《弄泡泡的人》的流光幻影中，它為我一人召喚了在壯美與激情的巔峰殉死的三島由紀夫，以及葉石濤在《變形虹》（一九六八年）序文中譽為「有可怕才華的年輕作家之一」的林懷民。

II

也總是一再讓我想到鵝籠中的陽羨書生，一如俄羅斯娃娃，從嘴裡吐出私藏的愛人再吐出私藏的愛人再吐出私藏的……，《弄泡泡的人》，從台灣島的北端飆到南端，炎陽之氣一路持續灌頂，布朗、尼克、丹利、糖果男孩、阿鐵，一個銜一個上場，逐愛而居的男孩環墟？上下求索（征伐？）的愛的版圖？每一個男孩名字是同一枝條上的花苞。他們的身與心卻是這樣的燄光，像上午的太陽往正午的天頂走，島至南的墾丁天時地利好適宜助燃，將兩人一起的時光轟轟地炮烙。

「路漫漫其修遠兮，吾將上下而求索。」標的與目的究竟是什麼呢？永恆堅貞的真心人？（再次抱歉，請再容忍我發神經想到搞笑港片《東成西就》的梁家輝、張國榮。）一個家似的窩巢，懸在日常生活的高枝？男孩與男孩，到最後不得不把彼此豢養成兩頭自囚的刺蝟。

所以，雖然老套到令人煩厭，還是得問：愛到底是什麼？

陳柏煜回答不了，大概也無意作答，過程遠比結果有更多的含金量，只是這畢竟是索愛的人的宿命，當其時都只能讓它從指縫滲走。

唯一唯一的救贖，寫信寫字吧，在那孤獨的時空，找回所有流失的金沙，立地成佛，供讀者摩挲體悟，譬如：

「我的信與字在那時已經達到它們價值的高點。寫什麼都是黃金，寫什麼都奇蹟，都是使盲人復明的手。」

III

艾德蒙・懷特（Edmund White）在他濃厚自傳意味的小說《一個男孩的故事》（*A Boy's Own Story*）有一小段，主述少年夢想著愛人攀爬大樹潛入房間帶他遠走高飛，但「他遲遲不來，一直延宕，很快地我將期待轉化成鄉愁」。

凌性傑巧妙地將南海路轉寫為男孩路，是的，此路有多長？他將走多遠？一彈指或一瞬，在蛻變為男人之前。

三島在《春雪》裡寫清顯與本多兩男孩，「是屬於同根植物所開出的不同形狀的花和葉吧」。

這或是最好的解答，足以用來比喻布朗與尼克。最大也是至福的差距是，花葉綻放榮枯有時，然此中有一人寫作，留下血肉之軀嗤嗤擦著時間前行的每一分一釐的光影。

我們跟著陳柏煜一眨眼也不眨的看著與他肌膚貼著肌膚的男孩，茫然不知盡頭何處，時間渾沌，其實什麼都不能做，看著他在他手臂上流著口水睡著了。我們知道，唾液裡有蛋白質、酶，終將微微地發酸發臭。

VI

一條藍灰色的長圍巾，是愛人的或是戀慕之人的？戀物如戀其主人就在眼前，至於是否不告而竊為己有，請搜索全文判斷。物比諸人更恆久，保證不變心不出走，是對方、他的完美象徵，是我心的神龕。

一千六百年前的華山畿傳說，一士子戀慕偶遇的陌生女子，相思成疾，其母為士子求得女子的一件蔽膝（以今之圍裙想像吧），祕藏士子席下，遂痊癒了（女子費洛蒙的緣故？），其後某日，癡男「忽舉席，見蔽膝而抱持，遂吞食而死」。

日文所謂物哀，陳柏煜寫那條針織的長圍巾，簡直一則驚悚文，愛不如戀，戀不如慕，慕不如怨，得到即失去、擁有即毀壞的開始。

我討厭如此說但還是要說，這是我近來讀過最悲傷的哀豔文。

V

讀〈搬家〉、〈福安宮〉、輯六「寫信給布朗」時，我借用余華的書名《十八歲出門遠行》為主旋律，更分心去苦勞網重讀「想像不家庭」專題，卻苦於不知如何應對，想想唯有敬重素讀吧。

對於有著漁獵、游牧基因的男性，家，這封閉空間總是負擔。如何閃躲、迴避、逃離，是陳柏煜的糖果男孩們的執念，甚至是困獸之鬥。而單細胞似的獨生子女的九〇後世代，親屬單位逐一泯滅，家或者是家的替代與演練，必然又是逃避不了的個人選擇。

我確實疑懼男孩們蝸牛殼似的房間，容不下那刁鑽的愛情巨靈，反之，也容不下男孩們狂野多變的心。

好吧，讓我假裝自己是布朗是尼克，我問自己，將來你會實踐天職成為父親嗎？你會做一個怎樣的父親？在你眼中，曾經那失語、臃腫且無有光彩的潰敗父親，你真正理解嗎？多年後，你將發覺，每一糖果男孩的心裡埋著自己父親的種子。畢竟，電影《以你的名字呼喚我》那溫柔理解的父親只能是一個夢幻。

VI

布朗當完兵後，搬回家住，在客廳餵魚缸裡的孔雀魚。彷彿前世今生，疊影般我又看到朱天文《荒人手記》的荒人逐日盯著缸裡的大肚魚，荒人好比雲端上的上帝，與魚一起天荒地老的寂寞著。

時間的饋贈。整整五十年前，林懷民在中篇小說〈安德烈·紀德的冬天〉寫盡他那世代的同性戀者的鬱悶、壓抑、無出路，「一種被放逐的、見不得日光的愛，一種沒有疤痕的傷，一種沒有解藥的蠱。發著冷青的光芒，每逢心靈的冬天、雨季，便隱隱作痛，燃遍全身，如風濕，唯有秦那雙蛇般的手才拂得平。」時間驅趕我們加速前進，那些禁忌、污名、罪惡的陳年積鬱得以一路拋棄了（唯勇敢做自己的同時，勇敢面對吧，歧視是人性）。這是生對了時代的糖果男孩們的幸福。

是以《弄泡泡的人》才是陳柏煜的第一本書，他已從容優雅地確立風格，寫出一座他專有的精緻繁複的迷宮花園，捧讀時，浮現的又是故宮文物那件珍品，直徑裡共有廿一層次的鏤雕象牙雲龍紋套球。

推薦序

讓我們祝福不被祝福，折磨還不夠被折磨……

張亦絢

打從一開始，閱讀柏煜，對我來說，就是近乎愉快的享受。

我們有過一段對話，隱喻地來說，是我問他，是否非常擅長發暗器，但沒練過刀。通常年輕作者在這時，都會為自己辯駁，沒想到柏煜老實到這個地步，直接承認，差不多就是這樣。這個問題在我心裡，頗有一番沉吟，我的想法是，就把暗器練到出神入化，練不練刀也無關緊要；因為人有天生性情稟賦，有人練十八般武藝，有人一招精純。後者的化境，有時也是可以在一招之中，蘊藏絕學。當然，就像對武功是什麼一樣，碰到文學是什麼，我們也有很多麻煩的刻板印象擋在路上，像柏煜這種不走大動作的路數，形象上，在最初的時候，難免吃虧。沒有相當的天真定慧，這條路走不長，而我碰巧是對這種可能性，強烈抱有期望，並且深深偏愛——所以，一向對任何人都不聞不問的我，也曾因為掛念，而藉著巧合，打聽他近況。我得到的多方消息，匯整起來，大概就是「超忙，忙著談戀愛」——除此之外無大事。這就對了——我聽了很高興。

戀愛最有志氣

我絕對不是唯一認為「戀愛最有志氣」的人。詩人里爾克慨嘆過男子用情粗疏，應以女子情思繁複為尊；說到文學史某一時期的法國作家，個個沒有多少實際戀愛經驗，導致下筆空空不足觀——文學評論家莫洛亞的態度，則近乎羞慚；最「偏激」的小說家島崎藤村，甚至藉著小說人物之口說出：「就算有關係，如果不是男女關係，就不會真正想要解救對方。」（《新生》）——當時同志不若今日進入公共意識，以現下的話來說，就是，能讓人投入到捨己為人的關係，非戀愛莫屬。這是把戀愛看成唯一深化人我關係與存在使命感的信仰或倫理形式了。至於寫非正統推理小說的加納朋子，作品中也有過一番有意思的話，表示：戀愛是醜陋的事，不談戀愛的人排拒醜陋，所以也是不能信賴的人。（《七歲小孩》）

以上四家，重點略異，共通點則在於，意識到「情愛非小，文學當責」——讀者如果稍微了解這個來自各方的「唯戀主義」傳統以及多面性，會更容易進入《弄泡泡的人》的脈絡，總而言之，《弄泡泡的人》會使里爾克大大滿意男子已經迎頭趕上、莫洛亞不再搥心肝、島崎藤村慶幸吾道不孤——朋子則道：醜得很，可以信賴。

話說回來，戀愛與書寫戀愛，並不是同一回事。宅心仁厚的褚威格，在討論大情人卡薩諾瓦的回憶錄時，提點過該作品的某些價值，然而對於其人其書之風格無味，戀情描述可怕地浮面單調，褚威格的譴責可以說是輕輕放過。——戀愛是一個如流沙般，經常被寫壞的領域。當我們有幸看到作者，非僅沒有深陷，還能在其上舞姿從容，如電亦如火，哎，心裡那份感動，真有說不出的滋味。《弄泡泡的人》，就是屬於非但能在流沙之上騰空，還能在跳躍與旋轉中，與流沙對視與對話的奇蹟之作。

忠誠與花，花與亂

輯子裡持續出現的人物包括尼克與布朗，雙方的家人以及諸位有名無名的「第三者」——忠誠或是忠誠不能，伴隨著等距不一的三角（即使有四角或五角，多角基本上是以三角為原型擴充與變化，所以我一律泛稱三角）關係型態反覆出現。李永熾在談志賀直哉的《暗夜行路》時，提到過日本德川時代的文學，曾出現一種樣貌，在其中「所有出現的人物都是為了這個主角的成長」，我感覺頗可與我們手中的這部作品的形式加以參照——因此，尼克不但自由地想像各個人物，其他角色相對的非中心與不完整，基本上，也是由於他們在中心人物心理與內省活動上「協助者」（可以是友是敵或是敵友不明）的「任務取向」。我認為這與更加粗礪寫實進入性關係活動的作品仍有不同。與後者相較，前者更側重在「我是誰？」的問題上，然而「我是誰？」無法在對著自己肚臍眼說話的過程中，構築面貌。自己對另一人，以及另一人以外的他人，意謂著什麼樣的存在，沒有經過一連串建立與破壞的作用力事件，尼克／我，無法拼出自己的意義上的名字。換言之，這既是非常個人，卻也社會化的歷程。

以〈糖果〉為例，尼克可說犯了多項一般戀人渴求「涇渭分明」的大忌，他不但不是照著一對一的情侶關係行事，諸如拿曖昧對象做的糖給被背叛的情人布朗吃，這都不只是他很「花」，同時他也還很「亂」——這不是通曉規則，鴕鳥兼世故地將不同情人分而治之，以得最大情感利益的投機者行為。尼克做法的另種玩火性，在於有意或無心地混淆了身邊人固定的自我界線，當布朗也表示了逾越與不要邊界的慾望，說自己想要抱糖果的作者，無論布朗這是自發或學人，展現超越占有或撤除嫉妒，尼克卻對他下了清楚的禁令。這裡感情與心理的微妙之處，都值得細思與探勘。

曾聽過有人對邱妙津作品的一大反彈，謂：自己可以多情，同時又要求情人專一，惡霸。這種切入點往往令我笑出來，然而這當然並不能拿來當作理由否定文學成績。多年前，夏宇即寫下「在不忠的情況下／又仍然嫉妒這稱作／不識好歹」——這般名句的價值並不在於完成了高竿的笑罵，更加意味深長的，是它清醒地寫出「碰到情事，義理就歪掉」的實況報導——《弄泡泡的人》中，這種「不識好歹」，可說變化多端且層出不窮——有趣的是，我們並不會立即感受到世俗性的評斷，相反地，總是在迷宮盡頭回首那一瞬，我們才意識到，已與作者走了一段「該被雷劈」的情罪路。〈生日〉、〈公仔〉、〈平安夜〉與〈丈量〉多篇，都可以說是這種外部眼光沒規沒矩的「浪子」或是「追愛之人」，披露各人內在視角驅動「歧路不可不行」、情潮洶洶的佳構。

儘管我認為布朗與尼克的不對等性，與創作型態的原始結構有關，布朗仍然被處理得相當深刻、立體且感人：單親媽媽兼喪父的小孩，這個背景的經濟弱勢較單親有時更加一等，因為若非喪父，除非遇上極不負責的案例，父方的扶養費仍能支援一定程度的經濟安全，布朗「養」著自己的錢，感情的夢想也是「被養」，實際的狀況卻是一身打工的疲憊——尼克與他的處境雖不到天差地遠，但也足以使他與布朗有種隔岸觀火的距離——甚至猜疑與隔閡。〈搬家〉以雙重結構透視了同志生命的經常性議題，文章定格在非常具代表性的「同志經典時間」——要不要搬出原生家庭與情人共組家庭？在某種慢速播放中，一邊是守密同志身分（或被迫噤聲）而在原生家庭中的準孤兒寂寞；一邊是並非毫不戀（父母）家，親與愛左右召喚，也左右為難的熬煮——這且要加上布朗與尼克兩人也仍然不完全同步的心緒。儘管這是我們熟悉的主題變奏，然而，把其中的疏離與眷顧、幻想與現實掌握得如此到位，使得「家不夠溫暖，兩人世界也可能孤立飄搖」的複雜心理與文化的多重清冷穿透紙背，著實難得。

絕緣以到絕處，絕處以逢生

在這些作品中，同性之愛已經不是「犯禁感」的中心，而是潛入同志內在生命的真實時，必不可免的人性深度——因此，我們終於有了極端同志中心（不知有漢，何論魏晉）的感性與複雜度，這是過去同志文學擔負與外部社會解釋與對話時，某種源於生存歷史而經常犧牲掉的成分，而如今，許多曾被中和、稀釋或邊緣化的「同位素」，因著柏煜特殊的文學才情與聰明的努力，重新得到了活潑的提煉與復甦。無視社會壓力、無視讀者評價，甚至也無視潛在所寫對象同志族群可能有的迎拒感受——這種絕緣性，本就是文學得以「火中取栗」的原點與最珍貴的創作心理素質。在這個意義上，我們甚至可以說，文學就是一種絕處逢生的藝術，不走到絕處，就沒有文學——這是《弄泡泡的人》令我們讚歎之處。然而也就是在這個將文學還給同志的漂亮進行式中，同志文學也因此完成了，絕不遜於任何非同志文學經典的精神任務：祝福不被祝福、等待不曾等待、折磨還不夠被折磨。我可以預見歷來用以否定普魯斯特或卡夫卡的說詞，比如過分敏感纖細與主旨曖昧等，都會落在陳柏煜身上，不過，也是在同時，所有曾被細膩、幽微與不可測之詩情層層餵養過的心靈，也注定會在柏煜的這些作品中，得到久旱逢甘霖的欣喜若狂。——一如我們初遇普魯斯特與卡夫卡。

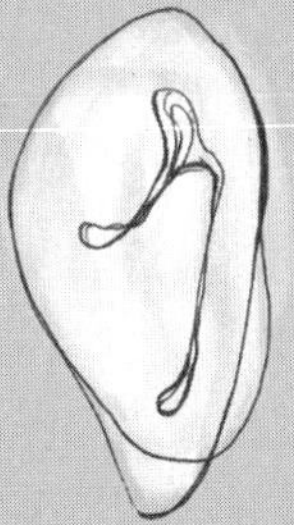

輯一　細線

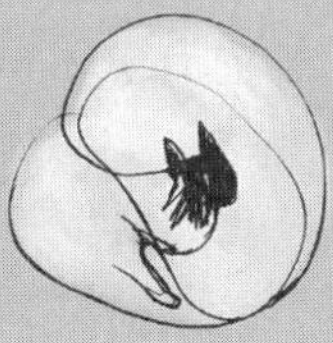

弄泡泡的人

在法蘭克福旅行的時候，遇到兩次這樣的人。獨自散步的時候一次，和妖怪一起在廣場遇到一次。穿梭在石造建築冰涼的陰影與金色的日光底下，一匹神祕的亮斑馬，我走在舊城，他隨意地站在其中一塊陰影深褐色地毯的戲台，拿一根長棍子攪動一桶肥皂水，像要從陷進去的彩色渦旋中取出什麼。水面的邊緣排擠了許多無法容身心碎的小珍珠。他隨時間遷徙的台子邊緣沒有觀眾——倒是有不少隨起飛降落調整數量的鴿子——如果不把我算進去的話。他和我發現了彼此，並且打量起對方，像一隻斑馬遇上一隻鴿子，好奇對方究竟是什麼。最後，我沒有獲得一場表演。

回到集合點時，妖怪早提前將自己裝配回遊覽車上。這時其他合唱團的成員大多還散落在附近書店、咖啡廳、遊客不會迷路主街道上，以不同的速度接近，拼圖起來，「團體」的面貌才浮現，彷彿也才記起我們剛結束為期兩周的音樂節競賽以及公演。妖怪是我的高中同學，只是太不起眼，長期窩在教室後近回收物的位置，幾次差點就被抬去側門回收掉，我對他沒有什麼印象。後來陰錯陽差進了合唱團——妖怪自然早已把自己放置在教室裡面——變色龍妖怪似乎為了融入背景而發出聲音，沒想到（可是他說不定自己知道）他唱得突出而出色，這時我才注意到他：他在金屬圓眼鏡後面打轉的圓眼睛。

經過學生時代洗衣機般翻攪的人事變化，誰也不知道歌唱這樣的興趣會是一隻洗衣口袋：我們被裝起來在裡面空翻。直到站在法蘭克福的那天，妖怪說，居然只剩我們兩個了，真邪門。我們在飛機上細細數算那些共同認識的名字，以及他們曾經唱過的音樂會。通常最先回來的記憶是他們唱某首曲子所站的位置，閉上眼睛回想那張棋譜，他們樣子就出現了，然後是他們各自的聲音。那些自願拉開拉鍊走出口袋的人。我和妖怪在數算的過程中，一邊害怕數到自己的名字而感到憂心忡忡，一邊對於因為消除反向而生的踏實體會著倖存者帶罪惡感的幸福。

布朗可是一點泡沫渣的幸福都感覺不到。在收到我轉飛航模式前發出的最後一則訊息後，他不甘心地承認自己要被留在國內。布朗半工半讀，自行負擔房租、學費，對比這時，我尚不必擔憂基本生活開銷，是屬於能夠有嗜好的人，當布朗躺在床上，從手機裡接收到我要和合唱團去歐洲的消息時，對我的嫉妒微微地漲過對我的愛。起先他還努力想替自己湊足旅費——布朗翻遍了宿舍裡每一件未洗的衣服，搜索口袋裡的發票，並對獎——到後來只能用脅迫我為他購入各種紀念品來安慰自己。在飛機起飛的剎那，他覺得自己代替那失去的重量不斷地下沉……布朗在地底建立了祕密基地，除了接收我用飯店網路斷斷續續的報告，也努力抵禦不安、寂寞、焦慮等等敵人的突襲。

開闊的廣場上，我看見了另一個弄泡泡的人。他站在那兒，通體呼吸飽足充滿力量。一旁桶子裡裝的魔法格外平靜（就像所有的商業機密），發出火焰明燦的光芒，他的衣服上也照得火光粼粼。我走過時，觀眾已經積成半月形，市政廳的陰影把小半部偷偷蝕去。大小不一、剩餘的泡泡停留在明、暗的空中，小行星圍繞他緩緩移動。明知道會發生什麼事，妖怪和其他的觀眾不約而同感到一種必須親眼見證的迫切，停下腳步，注視那弄泡泡的人。注視那桶蜜。他就等我們排入行列。他舉起空心的網球拍，由虛弱、手折的鐵絲構成，濕淋淋地指向空中，開始揮動——就像揮動捕蝶網那樣，只是迷路的七彩蝴蝶一隻接著一隻從他的網裡逆飛出來。接著，更多動物從他的網裡冒出來，天堂鳥、犀牛、雲豹、蛇頸龍……借水母的身體還魂，手腳笨拙，浸泡在空氣中載浮載沉。一陣大風吹來，整排彎月形的觀眾都空心，背後竄出一個童年的自己在廣場上賽跑。

弄泡泡的人——可以歸類於街頭藝人的一種——但他必會反對這點，那不只是一種製作泡泡的技藝，或者展示泡泡的表演；他低調的製造幻覺，如一名魔術師，可是並不期待觀眾。這樣的幻覺並不是為了欺騙人的感官，也不是為了牽動情緒。弄泡泡的人覺得自己可能更接近騎士，他遊走在這裡那裡，無所事事的樣子在外人看來簡直是無聊透了……但他自己可不這麼覺得，因身負重任而精神奕奕。他有責任賦與那些隱而不顯的東西形體，比如失神，比如高貴的感覺……。他記得，小時候只喜歡泡泡，不記得是誰、怎麼弄出泡泡。直到有一天他拉動鐵絲環，把自己也造了出來。

這項勞動是嗜好不是工作，成品是泡泡不是錢幣，我對身旁的妖怪說。

妖怪說，怎麼會，那傢伙靠玩泡泡吃飯呀。

誰靠玩泡泡吃飯呢，那是觀眾喜歡看他玩泡泡給他的賞金。

這沒有區別，他確實被盯著看，也拿到了錢，妖怪說。

但你看他，他似乎看不到我們呢。

是啊，真是奇怪，難不成他躲在泡泡裡面嗎，那剛剛到底在等什麼呢。

在等空氣懷孕吧，我猜。等那鍋麵糊發好，妖怪說。

一個膝蓋高的小女孩傻氣地向他跑去，白金色的頭髮隨著跑動張開像是一朵花，所有人聚精會神地看她，即使泡泡迎面撞上他們印上黏答答的手印也不動搖，她毫不遲疑地跑進他的泡泡裡，高高低低像隻小鹿般跳躍，發出自己也不甚明白的歡樂笑聲。他低頭看她，垂下他濕淋淋的手臂。然後他有些靦腆，好像對引來太多注意感到抱歉，他蹲下來（幾乎還是高過女孩），輕輕戳了一下自己的鼻子。砰，布朗出現了，笑嘻嘻地對她扮鬼臉。

我一邊看著布朗的默劇，一邊問妖怪，你會是怎樣的人？

公務員，妖怪說。

但那不算一種〇〇〇的人。

又不是每個人都會變成〇〇〇的人，妖怪說，好像當人非常辛苦似的。

端看你要不要去吹那一口氣。

妖怪不置可否。反正不會是弄泡泡的傢伙。

（布朗趁空檔對我揮揮手，十分得意他的成就的樣子。）

事實是，妖怪十分喜歡泡泡的表演：以一個觀眾的身分。這時我還不知道，妖怪包藏了一些遲遲未能說出口的事。我思索著他可能反問的問題：你是一個弄泡泡的人嗎？

我獨自在家裡進行的書寫，我之於布朗，是一個弄泡泡的人？

當晚，妖怪高舉金黃色的啤酒，重重撞了我的杯子，晃出來的酒水弄濕袖子，沒有去擦。那些喝了啤酒就像加了油的機器人正興奮地運轉，唱起一首一首歌曲。這是在法蘭克福的最後一夜。合唱團員們在露天座鬧了一整套音樂會曲目。隔壁酒吧的人大聲叫好，他們高聲答謝。警車開入小巷巡邏，他們圍住車子唱，警察們都笑了，搖下車窗和他們揮手。

我和妖怪獨據一桌，變成觀眾。夜裡的妖怪喝過酒，臉紅起來，吞吞吐吐，好似要說出新婚喜訊般——那個……回去之後就不唱啦。我們的杯子：陽光從裡頭在玻璃上凍出一片露珠。細小的泡泡從不知何處一下子全湧出來，好多孔隙的小蝌蚪前推後擠要呼吸變態成青蛙，在終點撞成一團變成更多更多小蝌蚪的白泡沫——可是一粒都沒有破掉。只有失去時間的地方能存在破掉的泡沫。我問妖怪，還會回來嗎。妖怪說，誰知道。也不等我，就把所有泡泡帶酒水都吞進肚子裡了。

等一下。妖怪叫住我，翻找口袋裡的零錢，那些錢幣在口袋裡碰撞彼此發出冰塊般清脆的聲音。

妖怪把錢塞給我。幹嘛，我說。

拿去投。（讓小孩可以繼續玩泡泡，他心裡是這麼說的。）

我要他自己去。妖怪將自己向前移，做完動作，歸位。弄泡泡的人沒有多留意他。他覺得自己像是在許願池裡投下錢幣，錢幣的重量使它們留在池底。

我們離去後，廣場的人都驚訝地目擊了一件難以言述的奇景：他們說，錢幣變成泡泡漂浮起來，又有人說，弄泡泡的人大手一揮，所有的泡泡都變成了錢幣；所有發亮的不論是什麼，從廣場上升起，升上金黃色的天空，直到有人驚醒般叫道，啊，是星星出來了！

珠頸斑鳩

不知從哪天開始，我不斷聽見「咕……咕……咕」的聲音，不知道從哪裡傳來，從屋子建構的內部搔著癢。找了很久都找不到。那咕咕聲讓空氣裡瀰漫著一種危險的震顫，打開的書頁輕輕地酸麻。有時，一會兒就停了。但當幾乎要以為一切要靜下來時，它又輕輕地開始：只在白日遊蕩的聲音幽靈。

然後我找到牠了。我掀開沾黏灰塵的布窗簾，模糊中有鳥在玻璃後，形狀像鴿子。

烘衣機旁的那扇窗一直是關著的，霧面玻璃外裝有鐵窗。在社區這樣的老公寓幾乎都是裝鐵窗的。舊黃的磁磚外壁，有幾處脫落，有幾處爬上植物與汙漬，家家都裝鐵窗，新的在陽光下發亮，老的粗糙的紅褐或鏽綠。一面面老公寓的牆，掛著一只只古怪的鳥籠。

屋裡的舊沙發早丟了，分離式冷氣也安上了不少年。窗外的大菩提樹，在某次大颱風過境後，硬生生被連根拔起，橫倒在大馬路中央。我記得那個早上，好大地轟地一聲把左鄰右舍都吵醒了，汽車警鈴大作，樹已經無可救藥地倒了，滿地都是青紅色的葉子。後來，房屋漏水，裡裡外外重新粉刷了幾次，壁癌都給拉平。我幾乎錯覺自己已經搬離從小居住的屋子。但從外面看還是一樣的，一樣的老公寓，安靜的鐵窗像黃色牆裡伸出的手爪。

為什麼要裝那些鐵窗？小時候我問媽，她說是怕我從樓頂掉下去。也有人裝鐵窗是為了防闖空門的小偷。但我不敢相信我住的地方，小偷會願意飛簷走壁而不嘗試破解鎖孔中的通關密語。我想我等待不到那天：擠到窗前，偷兒像蝙蝠一樣掛在鐵窗上，帶著苦瓜臉和我對望的時刻。

我覺得鐵窗的裝置是為了怕住在裡面的人，哪天突然想飛出去。

窗子從來不開，逐漸變成牆壁的一部分，一直到牠出現的那天才被重新發現，好像啄破了一個小孔，從此我便一刻不得安寧。我已經知道牠不是鴿子，我曾經在打開窗時，看到牠逃離的背影。牠還是怕人的，我只要在窗前晃晃，甚至不用敲打玻璃，一個人影都能嚇走牠。

先說我不是個討厭動物的人。一開始，我甚至樂在其中，躡手躡腳地接近牠，看牠。但隔了一陣，牠並不像其他鳥兒，自然就散了。牠三不五時就來，頻繁地讓人心慌。牠不躁進，無聲無息就出現在鐵窗裡，呆板地發出咕咕的聲音，一動也不動看著我們家裡。

但真正讓我感到恐懼的是，當我認出牠不是鴿子的那刻。鴿子有親近人的平安感，我小時也常跟牠們玩的。長久以來，我一直以為牠是鴿子——直到我打開窗。我看到了。那刻，一陣失重的噁心感從頭澆灌下來，彷彿牠是在那刻才進行可怖的變形。那串密密麻麻黑白相間的斑點，讓我有種先天上的懼怕。那窩黑白斑點在我頸後彼此不斷堆疊，像一窩落水的螞蟻，不斷攀到彼此身上。

那些斑在我的頸後揮之不去，彷彿是我被標記了某個字號。我怕被別人認出。

我希望牠就別再找上我。我背對著窗戶關上門，開始埋頭做事，但那一聲聲咕咕若有似無。有時甚至從我的身上發出來。我封鎖在房間裡，開始因缺乏日曬蒼白。我忍耐，忍著不去掀開那扇結痂的門。門縫就像還沒翻開的紙牌一樣，散發著詭魅誘人的光。牠又在那扇鐵窗上站著。我知道牠在等我。

布朗在樓下喊我，我抓了安全帽和鑰匙砰地一聲把門帶上。我們要去墾丁，途中他載我繞去他舊家附近。但我們沒有要騎近的意思。認識到現在，我只去過他在外面租的房子，一個人住，三四坪而已。同層的鄰居互不熟悉。鎮裡房子大多不超過四樓，天空顯得很低很廣，淺藍近白，漂洗很多次的床單繃緊的樣子。他水藍色的機車在巷弄間穿梭，正中午，鎮裡的人都不見蹤影。這裡的房子不像我熟悉的地方：它們全是閉著眼睛的。電線杆很高，電線劃開天空，很多功能不明的招牌放置在不顯眼的角落。布朗一直講個沒停，一手催油門一手比畫著，在鎮裡晃過來盪過去，經過好幾次檳榔田，但我不確定是不是同一塊。有些水溝沒有水溝蓋。布朗說那些搭在樓頂的小房間是鴿舍，他小時候也養過鴿子。所有的鴿舍像是一戶戶鐵皮的瞭望台。我沒有聽見鴿子叫，也沒有看見鴿子的身影。在陽光底下，鴿舍恬靜的反光，我們的安全帽都在發燙。

布朗養的鴿子現在都不在了，我沒多問。當然，更沒有問鎮裡的鴿子都哪裡去了。看得出來布朗今天特別開心。他說他想要和我找房子一起住。哪裡都好，不用大。我說，不是這幾年的事，但也忍不住笑了。陽光下，我們赤裸肩膀曬著，連同我們的表情攤開來曬著，停好車，滿身是汗的剝一顆熟爛、香氣四溢的釋迦分著吃。布朗待我柔順，但他不像鴿子，他不是那種成群出現，輕易喜愛麵包屑的傢伙。雖然，他也可以為簡單的麵包高興半天。我想這就是我想講的意思。

我知道牠不會輕易離開鐵窗。我發現牠不是一隻，是兩隻。但牠們一輪替起來，我分不出誰是誰。我習慣我的房間，但又覺得它不如想像中安全。或許要好幾年後，我才能搬離這裡。那時候，這屋子會有什麼改變嗎？我的房間可能會被收起來，但鐵窗還在。這幾年它不知不覺成了屋子的一部分。

牠越來越不怕人，甚至，當我把臉貼在玻璃上，牠仍然無動於衷。我猜不透那圓眼睛裡轉著什麼計策。牠看得見自己身上的記號嗎？那複雜的圖騰在我的腦中像疾病一樣變化形狀；每當牠降落時，我便感覺自己與牠之間產生了某種關聯……

咕⋯咕⋯咕⋯⋯不間斷的催眠。我穿睡衣，在窗下等待。日光從窗外透進來，我看見牠站在那裡。我突然想好好嚇嚇牠。我猛然刷地拉開窗戶，蒼白的指關節用力得都發白了，灰塵在空中呼地散開成發光的小粒子。啪啪啪——牠驚恐地亂拍翅膀，撞到鐵窗，掉下來，飛起來，又撞到，歪歪斜斜地出去。不再回來了。我害怕地發現自己帶著勝利的微笑望向窗外，鐵窗在我的臉上映出一格格精細的影子。

布朗，我到底幹了什麼好事？

細線

背著母親隻身南下不是第一次了。顛簸五個小時、半睡半醒間，手機持續來電（晚餐時間到了？）。我沒有接聽，不安但滿足地忍受口袋裡的振動，那隻不斷想竄上我胸口而失敗的小動物……

半夜抵達住所，布朗先去洗澡。我查看記錄，line了她，說在學校抓螢火蟲。（或許，我沒有察覺自己正嘗試用荒誕的理由，間接地表白？）幾乎在下一秒鐘，幾封訊息彈跳出來，母親顯然手著這條細線的風吹草動。「和媽就這麼沒話講？」母親顯然不知道，這遊戲先剖開的人注定輸了。

她不放棄地傳來一連串貼圖。我回應了。就在這些面具般的貼圖裡，母親到底想說什麼？我們輪流擺出一個個啞劇姿勢，每次定身都哀傷，神祕，懇切。

沒留意水聲止住。一抬頭只見布朗光一身子水珠，瞅著我不知多久。

「誰？」媽，我說。布朗滿腹狐疑，一把搶過手機，又不看，背對我吹頭髮。想來我們都是迂迂迴迴，從來不是一條直線。可又絲毫不敢鬆懈手中僅有的細線，布朗和母親一起湊上耳朵聽。布朗躺在我的手臂上流口水睡著了。

貓

1

你定時蹲在那裡，等待飼料般等那些他更新的相片。你看到認得的包包、外套、髮型，一件一件先是更換位置，然後未經告知就失蹤。你知道總有一天你會被他從地上撿起來，像一隻穿過的襪子，放進紙箱裡。你在他的房間外發出微弱的叫聲，還有一些報紙被翻動的聲音。

2

記得天剛亮的時候，阿捲貓就會使勁的叫，堅持自己定時享用早餐的權利。布朗不睜開眼睛，踢我起床餵貓。察覺到棉被裡的動靜，阿捲便不叫了，轉移到和牠同高的飼料袋旁給我暗示。我將不鏽鋼小碗裝滿，被小胃袋控制的阿捲盡責地監督著。在那些一成不變、由剩下來的黑夜做成的棕色小顆粒被阿捲消耗完之前，我打開窗簾，然後躺回床上繼續聽阿捲進食的聲音，等著刺眼的陽光爬過來報復呼呼大睡的布朗。

3

趁布朗去上班時，我把羊毛棉被塞進布被套裡，把床包和枕頭套都洗過曬起來。等布朗回家，我們簡單地吃了晚餐，看了一些書，在洗澡前做了幾組仰臥起坐，身體都冒汗了。布朗躺在瑜伽墊上盯著只屬於他的大包棉花糖看。就在我洗澡出來，鏡子被弄得一頭霧水時，布朗全身鑽進厚被子裡窩著，並且發出貓一般的叫聲。

往返

南下與北上我習於買不同公司的車票——並不像有些人堅持交替買不同品牌的沐浴乳或洗髮精，作分散風險之用——把雞蛋放在不同的籃子裡，一半是因為要使南北交通不像同一趟旅程，一半買櫝還珠式的暗自為一次得到兩種不同花樣的籃子而高興。附帶的好處：無論「出境」或「入境」，兩條路線最終停妥的位置總泊在方便我通勤的連結點上，像是無縫接軌的天橋。

如果可以，我習慣於上車後，睡足兩個小時半——大約是一半的車程。去程與回程各自擁有清醒的一半，連接成完整的風景。事實上，這是不正確的：星空的窗簾與遮陽的窗簾無法縫補；我們多半會在錯位的公路上擦身而過，否則就相撞成一團廢鐵。

真正不同的是，我從來沒有寫過一個回返的故事。對此，我在南下的客運上深自檢討著。重複戳了幾下頭頂的閱讀燈，沒有亮，司機沒有把光分給我們。回頭探出椅背一瞧，那些還沒斷電的人，眉垂目合，手指卻靈活地運動，一隻隻燈芯般白熱的蛇，遊走在荒棄的佛像底下，一方手機照得臉龐近乎青白的鬼火。不久，一小截一小截偷來的閃電都熄滅了，沒有人去摸摸死去的車燈的鼻息。幾乎像是移動的墓園。我不敢小題大作，去爭取一點視力（被發現了怎麼辦，我的指頭會被咬去嗎），於是在屬於自己的位置上躺下，假死。

於是乎，我獲得了十分充足的時間去編造幾個關於去程與回程的譬喻，試圖和那偷走孩子的竊賊達成協議。由開始順流走到結束是容易的，逆流卻困難重重。要如何從結束回到開始——我想像這台滿載禮物的貨櫃、裝滿角色的電視，此時只能是一台打字機，高速公路是飛快通過其下黑色的空白紙張，故事在無意識中驚喜地完成。可是就如同這段文字一樣，逆讀時立刻就失去了意義，成了胡言亂語（我們不能向那些精巧的迴文詩計較，更別在意巴赫神妙的螃蟹卡農了）。回程只能是某種自我刪除的過程，開著推土機，把那些報廢的文字清空。可是有時還是會妄想：只要不回頭就能成功把死者拯救回人間。

如果ABC的回程不是CBA，而是ABC的複寫，情況只會更糟。當後者費盡心思要使前者成為彩排時，才發現靈感是不需要反覆練習的，寫作才需要。它永遠是那家繁殖過剩的蛋塔店、賤價出售的複製畫，趕不上「那場本來應該屬於你的婚禮」，在家裡孤獨穿上西裝的落魄新郎。複寫紙上的旅程，開一張必要的證明：有「去」就必有「回」。有這樣的人嗎，渴望拿到複本，不是為了那幾個力道被削弱的字，而是複寫紙上的神祕香味——就像是香水專櫃的試香紙，他把蒐集來的複寫紙蓋在臉上，燈光在眼瞼與鼻梁間投影，被再次複寫。真可惜我沒法體驗這樣的快樂。

又或者，當我們走過第二次的山中小徑時，總比第一次的輕易，腳程快上許多，岔路都消失，沒有一棵樹的後面會冒出另外一座小木屋，這也是回程的效果。

我總是無法抗拒去書寫同一個方向的故事：當我天馬行空的亂想時，糊里糊塗就睡著了。醒來時，腹內如正滾煮著湯一樣滿足暖和。閱讀燈也亮起來了。影子般的人在中繼點下了大半。去程，這個詞隱含的是歸返之必要。夢的船隻必會被信風吹回同樣的現實海岸。奇怪的是，人雖然可以好好休息，卻也可能夜夜做夢。也有一些人不斷地前往異地，成為客人，向一個迴力鏢形的「遠方」運送出去……愛情會是某種只能在異地相遇的宿命嗎？閱讀燈蛋白色的光粉灑了我一身，看來像是承受白雪的冷杉，或者將被外星人抓走的幸運兒，無論如何，都讓我成為了客運上的客人。因為感受到一股神聖的氣氛，我決定小心的翻讀看到一半的小說，消抵一些不必要的，彷彿「就此一回」的異樣之感。

在黑夜落下的彼端，布朗總是穿著舊防風外套，在半睡半醒間騎過寒凍的平原到車站載我，彷彿是連夜在河畔架設煙火的工人，黑衣小人布朗，一邊打哆嗦一邊在沿路隱形的河道旁布設夢的機關，那些魚卵般的火藥假裝溫馴，等待被引燃——當然，我們會在家裡隔窗欣賞這場激烈的爆破，和布朗一認真，事後每每大汗淋漓、耳鳴目眩——現下它們都在黑暗裡發出笑聲。布朗和我一起移動，都是去程，他捨不得戴我送的手套，它們在車廂裡像翅膀一樣翻動著，不斷因為撞到一旁的安全帽而昏厥。

在數日之後，或者就是隔夜的清晨，清道夫布朗就要出動把煙火的紙屑蒐集起來，包進大垃圾袋中處理掉，把一些還沒施放完畢的情感悄悄地撿起來。沒有人喜歡做這樣的工作，因此起床始終都是特別冗長的事。

輯二 丹利

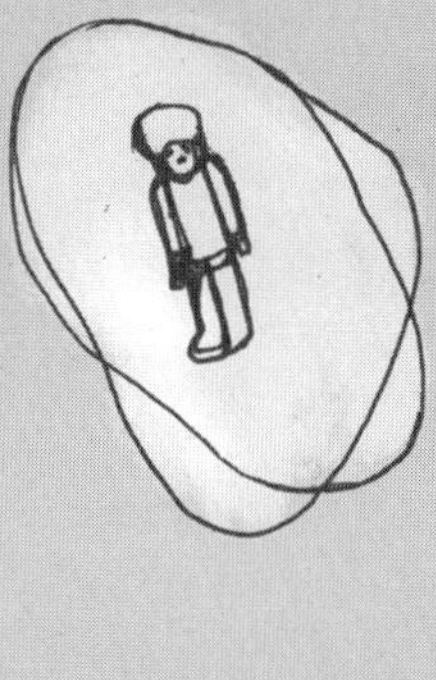

約會

在和你告別的一個月後，你跟我說，你今天去約會了。

這時我和布朗還閉口不談你，刪去的對話紀錄停留在凝滯的白色水平面。這兇狠的刪除，把你一併從地表拋離出去，像切去菜根。儘管如此，在我身體的反面，你卻用那些我習慣的表情、一些我從沒看過的表情，長出複雜的刺繡，讓我的表皮無法合身穿戴。

這邪門的空白，讓欲隱藏的彰顯，像枕邊一隻打不著的蚊子，靜夜裡幻想的振翅聲。布朗躺在我旁邊不可能沒聽見，但我們有默契，總覺得夜晚的事翻個身就過去了。天亮時，只要不驚動，牠就靜靜地掛在我身上吸血；而當我發覺牠，牠就幾個迴旋帶走我的部分血液，消失，留下又紅又癢的吻。那種離去，帶咬嚙性的離去，在事後才發腫，抓搔起來都要見血；事後才用指甲痕，標記，再敷藥掩埋。不過我倒不特別留心，我知道牠會一來再來沒有理智。

但你手腳比我想像中的還快，比我想像中要健康強壯。太快站起來，讓摔倒都像作戲。否認是艱難的，忽視相對輕鬆，但隱隱的矛盾，讓收訊不穩，劇情不連貫。我常常這麼看你，你關鍵的表情不是轉身就是插播廣告。去約會了。這可是件大事啊。

年節假期過後就要復工，你把握假期。你的約會是你的初戀。

我不是你的初戀，或許也不算你感情史裡夠格的一張拍立得相片。如果我能夠被放入你的相冊，我也只能聽你描述你的初戀，無法從我的窗口望進他的窗口。你囚禁他的小牢房，有比我更模糊的窗戶，你的初戀是這麼的隱微，沒有結果卻沒有結束。每次當你雙眼失神地高潮後，你會告知那些陌生男子你要離開，有時不告而別，你穿上感情的長褲，你的初戀就是拖地、不時被踩在鞋下的褲腳，有時也被反摺在裡面。他是不可能的，他在我們所有人的前面，他也在我們影像的背面。

布朗說，你和我是可能的；你說，我們是不可能的。你們會這麼肯定的做出相反的結論，是出於對對方（自己）更深刻的認識，還是對我有根本上的理解差異？

在我們的列車還沒到達將要爆破的特定枕木前，我都是一面單向透視鏡：你透過我了解布朗，他對身處同樣包廂的你一無所知。你知道會有需要下定決心的時刻，確知這點後卻又暫時天長地久起來。令人困惑的是，在我的幻覺鏡碎裂之前，現實是如此的流暢——想到我們分別去過的動物園裡，那些封箱起來的澳洲大陸、亞馬遜叢林——反倒是虛構的消失，讓感情動物們在車廂裡亂竄；然而無法順利返回原生地。當時我以為這樣的安排將傷害降到最低，頂多有些咬嚙性的疼痛，端看彼此有多在意。只是在那時，咬嚙性的疼痛是屬於你的。

你們騎車亂跑，這是他上台北後的第一次。多年不見，你們騎去圖書館、三重（他舊家）、板橋（他應該不知道是你現在的住處）。你打字急切，說他帶你去他的祕密基地，一個新蓋的碼頭，你們跨過圍欄在船邊聊天。即使老套，我無法說你矯情。

我無法說你，而且我知道你的快樂。即使那反面的刺繡隱隱發脹，像曲張的青青的靜脈，推擠濃滯的血液前進——這樣的快樂是得顛在上面、用腳趾尖觸碰的。

你滿足的說，他一點都沒變。

屬於那人的蚊子日日夜夜飛著，不產卵增生，也不死去。紅腫一陣消解一陣突起，像一座休火山。底下的岩漿是血。布朗努力在損毀的車廂裡重建家園，在滿地碎片、座椅殘廢的我們的愛情中，不等我說挽回的話，他替自己找到一個容身的地方，並露出不會被輕易擊敗的眼神，就像廢墟中第一批長出來的植物。他當然聽到了蚊子，他說服自己：每個海盜的肩上都站著這樣不斷說話的鸚鵡。

事實上，布朗自己製造了另一隻蚊子。他以為都沒事了，有一天他能夠殺死自己的不安全感。此時已經不被布朗信任卻仍被愛著的我無聲地幻想多年以後的事——當然我也幻想和布朗將展開的生活——但此時占據我的腦袋的是，「你心裡想著：原來你都沒變。」或許這也可以算一場小小的約會。那時或許就沒有哀傷了。談話裡有種，「啊，原來輪到這個場景」的快樂。但哪種快樂的背面不繡了哀傷呢？

糖果

看著那張拍立得，我唯一跟你留下來的合照。相片裡我跟你盯著鏡頭，固執又叛逆，像是被手電筒照到的兩隻夜行性動物，睜著發亮而具有警覺性的眼睛。我們靠得很近，好像守著什麼。我沒有笑，一副理直氣壯的樣子，握著一枝棒棒糖，你輕輕的咬著它。可能你將你柔軟的舌尖輕貼在它的背面。我不知道。

那支棒棒糖就像隻小小的拳頭，在半空中緊緊握著，不知如何鬆手。彩色的關於情感地事物，纏成一束，再纏繞成圈。冷卻後，它的表面裹上一層薄脆的殼，像一層霜禁不起撩撥，無法起保護作用。美麗而多彩的模樣幾乎像假的，美麗總讓人起疑。那隻小小的甜蜜的拳頭，到底想抓住什麼呢？它真禁不起撩撥，一點點溫柔的舔舐，就能慢慢的耗損。

你作的夢悄悄蜿蜒出來，都是彩色的，曲起來如你的睡姿。你渴望從身後被擁抱。我只抱過你一晚，直到醒來時，我們都還是抱緊的。那些夢淌在枕頭上像口水，那些在白天甚至夜晚都不敢說的話。它們沒有留下痕跡，在原地猶豫。我沒有很了解你的夢，夢真實的接近虛假，真實讓人起疑。

那糖是你送我的聖誕節禮物，親手做的。你在糖果店工作一年多，店面開設在城裡面最崇拜時尚的地段。整間店沒有一處醜陋，沒一處不充滿精巧的設計，像你，彷彿天生就是要給人看的，要放在櫥窗裡展示。這樣的地方，充斥各種有品味的俗氣。你說你沒化妝不出門，這是基本原則。

你不僅設計包裝和造型，更親手做糖。我說，那你就是candy man，是專門做糖的人。這個工作多適合你，雖然你從沒有喜歡過，覺得它是間低矮的彩色房子，你的野心不習慣彎下身。但你真的就像糖做的，你精緻的五官，精緻的笑容，他們說，也難怪我會為你著迷——你連眼神表情都是甜的。布朗就不是這樣。那些糖精緻得不像真的，擺起來就是滿袋子的首飾，它不甘被吃掉，它就是要被陳列，被打上光線與目光。

你說做糖不像表面上夢幻，是粗重的工作。剛煮好的糖很燙，拉糖很耗體力，而且原料都很重。你說我不了解糖。我知道它們都是假的，假的堅硬，空的熱量。「我很誠實。」你說，「我們家的糖百分之百添加香料和色素。」好看的東西不一定好吃。我一度懷疑過你，以為那些東西都是添加物，用來看的聞的，吃下去不具營養。

我曾經過店前，看到你站外場，沒注意到我，專注地把架上的糖果擺放好。這一點都不像你描述的，讓你一次次一回家就累垮的工作。我美麗的糖果男孩，即使我已經跟你不再聯絡了，我仍然記得你工作時專注的表情。

因為工作，你身上總是沾滿了糖味。香香的。我喜歡你身上的味道，只要你一接近就會立刻被我發現。你的長褲、毛衣、外套，你的頭髮，都帶著讓人恍惚的甜香味。那真讓人著魔，糖果男孩，我巴不得久久將自己埋在你的外套裡。你細軟的頭髮裡。你耳後連接後頸的地帶。

你說那不是你的味道，那是糖。哪天若是你離職了，身上就不再有了。到時候，我還喜歡嗎？你不再是糖果男孩，我還能在你接近時就認出你來嗎？

十二月初左右，你要買一件外套，約我買了同款不同色的。你的是寶藍色，我的是深藍色。我要你在拿到衣服時，在店裡擺個一天，我希望它是穿上糖味的。你把它送到我手上的那天是平安夜，它很香很香，好像糖果做的。我當場就穿了起來，並且親了你一下。

布朗那邊，有你送的兩包糖，其中一包的可愛造型還是你親手設計的。

我去找他，本來要自己買東西帶去，但你堅持要送糖，花你的錢，用你的名字。我猶豫要不要帶給他，那時他剛知道你，傷心欲絕。

布朗愛吃甜食，可以為了減肥不吃正餐，但吃甜點毫不節制，不分時地。我喜歡邊捏他的臉邊說他瘋了。後來我還是把糖帶去了。他愛上你的糖果，像是觀察微小生物般地細細觀察它們。我常覺得布朗吃零食成習，身材可以用運動練起來，但這大概是改不了的。他說這是你的禮物，分外愛惜，捨不得吃。好貴噢，這些糖。他甚至一粒都不讓我吃，他說，那全部都是他的。

我和布朗一起看電視，他吃著你的糖，突然說，他很想抱抱你。我不敢說話，只是盯著他表情的動靜。但他沒有其他表情，出神了一陣子。我不知道他吃的那些糖果是什麼口味。那些味道，是否久久黏貼在他的舌頭與鼻腔間，縈繞不去。我衣服上的糖味漸漸散去了。布朗還聞得到嗎？他是否一直不斷地聞到自己口中的香味？

我對布朗說：「不再聯絡了，我也不想要你見他，你不能抱他。」

布朗說：「不，我就是要抱抱他。我們一起去見他。」

又有一次布朗在吃糖，他突然跟我說：「我真希望你不要再去見他。」

在心底，我不知道布朗到底恨誰比較多。或許也恨那些他愛吃的糖。但有時我又覺得他是真心喜歡你和你的糖。就如你說的，你很誠實。他喜歡你的誠實遠勝我的假裝。我那層薄而不具保護作用的謊言。纏繞在一起的夢與緊握的拳頭。起頭和結尾，從一開始，我們都看得清清楚楚。

我第一次吃你的糖已經是很久以後的事了。就是在我們拍拍立得的那天。我們在街上遊蕩，我餵你吃了幾口糖，然後把剩下的部分吃掉。我驚訝於它的味道並不如想像中華而不實，反而很清爽，還帶有百香果微微的酸味。我不了解你的工作，我也還不夠了解你的糖，我多想試著去了解。就只剩下這張照片了。我看著我的臉，舔融的糖都是半透明的，沾黏著鬍渣和疲勞。

平安夜

平安夜那天布朗有工作，待在店裡。我沒有去找他，隔天要上學。

禮物我早就準備好了，親手包裝，提前到郵局寄了下去。包裹如預期的提早到了。還好我在箱子上寫了「聖誕節才能開」。布朗拿到時快瘋了。在視訊攝影機前，抱著它在房間裡尖叫亂跑，「我有禮物耶！我有禮物耶！……」，好不容易他累了，乖乖坐回攝影機前，因為累而有點呆滯，拿著禮物歪著頭看，想研究裡面到底是什麼東西。從那天起，布朗每天都吵鬧著要開禮物。

我和你一起去買的禮物。那天你休假，捷運剛開通不久，我們打算閒耗一整天。只是在街上轉，真冷，你的手指都是冰的，因為白而顯得更細長。也沒有打算先回家。街上有人在看我們。我們哪裡不對勁，為什麼盯著我們瞧？像是某種遍生的野草，風一吹來，一張張臉擺盪過來。你的嘴唇特別紅，而且有些乾裂，像是一朵懸浮在半空的玫瑰。

氣溫更低了，街上的顏色與我們的顏色都像灰塵一樣被吹跑。只剩你的嘴唇懸浮在空中。我要去買手套，布朗那雖然在南部，但地大建物少，只怕晚上比這裡還凍。他愛騎快車，手凍起來還得了。你假裝生氣，說：「那我們就各逛各的好了，幹嘛硬要一起逛。」說罷鑽進一家百貨公司。我看到你偷偷在笑，從你的腳步也看出你在等我跟來。但或許你真的有點生氣？但我們都說好的。

手套有灰白兩色，不是挺流行好看，其他稍好的都不好握——想說騎車用的，安全比較重要。我把它放進布朗的禮物盒。家裡平常就有蒐集盒子和小裝飾品的習慣，我從櫃子裡弄出一個鮑魚罐頭的金色禮盒，替它搭上黃色與綠色的彩帶花，又用粉彩紙把內裡的商標修飾掉。盒子裡我還放了別的東西。一個手搖式的音樂盒，這是布朗提過他想要的東西。我從床底下翻出我小時候用的舊聖誕襪，把音樂盒塞進去，連同手套和幾張手工卡片，依序擺放進去，像神聖的儀式，慎重而快樂。

然後就到了平安夜。當天反而不怎麼冷，可惜下著小雨。不過也沒什麼。我在訂好的餐廳等，你遲到快半個小時。這也在預料之內。餐點很普通，用餐的人以家庭居多，爸媽帶小孩提前吃聖誕大餐，我們被鬧哄哄的聲響圍繞，有一點點的不自在。孩子們又尖又高接近叫喊的對話，成年人濃稠而混濁的家常，刀叉碰餐盤的聲音。

時間漸晚，人也少了。你拿出約好一起買的深藍色外套。袋子底下墊著你寶藍色的外套，同款不同色。你說今天在公司裡兩件都試穿過，兩件都好適合，差點不想交貨了。（同事都在問，另外一件是給誰的。）你拍了你穿深藍外套的照片給我。當然，上面都只是糖的味道。但一想到你穿過它，又覺得好像不只如此。我穿起外套，你說：「還是你穿好看。」

可能因為設計是你的專業，在包裝你的禮物時，好勝心一起，就分外賣力。藍色天鵝絨盒子前身是裝紅酒的，上面配了一朵銀蘭花，襯玫瑰金的底。內容不提。我自己有些不安。任誰看了都要說，這比布朗的禮物要好看得多。

你包禮物就忘了把外套丟在店裡，一耽擱就遲到了。你多送我一支店裡的彩色棒棒糖。你送我皮卡丘的積木。我陪你去逛公仔店時，你盧著說要買，因為太可愛了。我嫌它貴但也覺得真的可愛死了。你要我准買。最後當然讓你帶它回家了，只是現在你又買了個一樣的給我。（你知道嗎，其實你很像隻皮卡丘。）你還送了手寫的卡片。你送我一個閃電形的鑰匙圈吊飾。你說我該被劈死。

這夜晚的街道竟如此的平凡，竟像一般的日子。那些菩提樹，它們長在它們該在的位置，像是安在社區上的螺絲，它們心形的葉子，半青半粉紅，嫩而透明，心尖都垂下來。我送你去搭公車。想起你在卡片裡寫著：「就算無法天荒地老，也希望彼此天天開心。」我不覺得這是濫情。深藍色的外套，中間有一條醒目鮮紅色的拉鍊，就像一條長在體外的血管。我的兩隻手臂在袖子裡，想像你的手臂也曾在這袖子裡。你上車，向我揮手。我看車開離站，開始往回走。

該回家了。這時，布朗應該已經在電腦攝影機前，迫不及待地等我回家。我們要一起迎接聖誕的到來，一起拆禮物。我想，至少在今夜，布朗和你都是幸福的。我們都能甜甜的入睡，感到平靜與滿足。

平安夜，聖善夜。

上山

你停下來時分心看了看路牌，紅燈，四周都是引擎和排氣管的聲音。你的眼神像蚊子，盯了幾秒，又飛走了。所有的車乾耗悶哼著，話藏在嘴裡滾動，彷彿停頓下來是有些必要的尷尬。我喉間發出了點聲音，你立刻湊過來，但沒有回頭。我沒有要說話。就在你似乎想開口時，綠燈了，你催油門向前騎。

出門時，太陽在雲層裡，像蒲公英的芯。當時我們不知道那是秋天。半路上，飄起小雨。一開始，像細小的水母，在空氣中左右飄盪，然後從半空悄悄伸長細而隱形的觸手，頭髮般地披落。起初都沒什麼，後來你才感覺到了。在手背臉頰上，微微帶刺的冰涼的毒針。

你直接忽略它繼續騎。但越是往前，觸手就越密，每行進一公尺就冷一寸。我看到你肩上的外套由細點重疊到濕成整片，像一張張的嘴。灰白色樹皮似的雲，我看不見那些幽靈，但感覺得到他們從裡面一隻接一隻鑽出來，都沒有說話，也沒有眼睛，空洞的視線裡面排列著雨滴。全跟著初冬來了。

並沒有恐懼的感覺，只是覺得冷。你終於靠路邊停了下來。從車廂裡拿出輕便雨衣給我，自己套上一件舊風衣。我一直不喜歡透明的黃色，像某種故作雀躍的神情。我開始感覺不到冷，轉而覺得濕黏。我要求停車脫掉，淋在外套上反而沒有感覺。不久就要爬坡了。

這是我們第一次正式出遊。我想去山上，你說你可以載我。於是相約在你舊家前面。你的車混在其中，有些破舊，看得出好一陣子沒有騎了，上面積了些樹葉灰塵。你替它辯解（又或者替自己的忽視疏懶辯解）說，這可是你的愛車。我相信它是。雖然一般人想到要騎它上山可能怕了，我可不會。

但它不給面子發不動，耍賴像一團廢鐵，擺明不想離開。你先是好言相向柔聲安撫——我在旁邊哭笑不得，只好擺出一副認真想幫忙的尷尬表情——到後來你一半惱怒一半絕望地用力地踩了好幾下。真有這麼一刻，我以為它就要荒謬地散開了。沒想到它竟吸了一大口氣，像個起死回生的病人。

你說以前剛畢業時會跟高中同學騎車上山，所以路線大致有印象。我問你上山幹嘛。

「也沒幹嘛，主要都是騎車，到了山上不久也就下來了。」

「會聊天嗎還是會吃東西或走走？」

「不會。」

你喜歡這樣。

不知道為什麼你雖自顧自地騎，還是要我指路。可能是想給我一點表現機會。導航我不怎麼行。你抱怨幾句，聽起來一點也不困擾。我不知道你是不是邊騎，邊要把那些很久以前的記憶打撈上來，以便找到正確的方向，同時用相同的路線重新將年少時光修復。它們究竟有多模糊？你要瞇起眼才能找得到嗎？路上，我隱約知道我們在繞路。重複在市區相似的紅綠燈前不斷停下再啟動。事後，我知道你的初戀就在那群朋友之中。但我想這兩件事應該沒有關聯。

一開始爬坡，車子就隱約地哀嚎，像小孩子忍住不敢喊疼的悶哼。

你對它說：「加油啊！」勉力向上攀升。

有時我真得忍住下車自己爬的念頭。饒它一命。但想到它若是跟它的主人同樣脾氣，一定也是極愛面子的。因此仍端坐其上，深怕亂動使它一口氣提不上來。你倒是一派輕鬆，見怪不怪。

山上更陰冷，而且有霧，下車走踏在濕柏油路上，聲音像是撕起沾黏在心上的膠帶。你把車丟在路邊，從笨重的包包裡翻找出一台相機帶在身上。幾株櫻花已經開了，只是沒人看。我走去前面探路，你對著櫻花樹與其他樹叢間，沒有什麼重點的地方隨機拍著。路的盡頭是一些雜樹，深不見底。你從我後面探出頭來，朝深處拍了張照片。

「太黑了根本照不起來。」我說。

「可能喔。」你說，低頭研究著相機，嘴巴微張，有些呆傻地走回櫻花那裡。

「要拍好照片，不是要找好自己想拍的東西，再留下來嗎？你怎麼看來都像亂拍。完全浪費。完全不心疼。」

「這些會有好照片呀。」你說。「但你說的對。」

有些櫻花掉落在柏油路面上，桃紅色的泥，辨認不出誰是誰的花瓣誰的蕊。之後，也再沒有人能認出那是櫻花了。我挺好奇你到底在想什麼。你不太理人，也沒在看風景。你冷不防要拍我，我要擋已經來不及了。

喀擦。

我問，你到底拍了什麼。

「我也不知道耶。等洗出來才知道。」你的表情得意近乎討厭。

事後你沒有再提這些照片，現在我才突然想起來。也不知道最後到底洗出來沒。

「那捲底片到現在都還沒拍完吧。」我想了想之後，下了這樣的結論。

下山

我們和這台破車蜿蜿蜒蜒的繼續往上，緊緊抓住自己的手腳與車身，怕任何一部分凍得掉在後頭。連人帶車衝進白霧的嘴裡，若隱若現的山頭斷了腳，懸浮在霧中。心吊起來時，興奮而悽惶，但又說不太明白。

白霧裡沒有任何動物，四周只有乾淨而暴烈的風聲，隨著我們不斷地穿透而沿途揚起。山裡的東西都到哪裡去了？灰藍色的鳥兒，老鷹，長相怪異的青蛙。我們丟下的聲音馬上被藏起來了。明明有路，卻有一種從來沒人經過的感覺。

前面是整排的芒草。停下。前面出現更大片的芒草，整座山都長滿了，正對我們，它們安靜緘默，像霧裡的古戰士。只有路的左方單獨幾株芒草，後面白茫茫的不知多深。右方是兩座山間的山坳，隱隱有一條泥巴路，兩旁也都是芒草。你戴著安全帽，自顧自拿著相機就往裡面走，地上的枯草莖全是濕的，有些地方還積著泥水窪，你的鞋子踏在上面發出脆脆的聲響。我只能看到你的後腦勺，你把擋住路的草撥向兩旁。你停下來，叫我回去拿另一台相機。我回去時頻頻回頭，怕你也被藏起來了。你的車在路旁孤伶伶像一隻忠犬。我不敢久待，你就快被掩沒了。

你拍那些芒草。我不覺得芒草有什麼好拍。山谷裡都是芒草，沒別的。路越來越難辨認，上面籠罩的薄霧帶淡藍色，像欲言又止的眼神。還好你停了下來，被高過人的草環繞。我拿手機拍下你的背影，你沒有發現，繼續拍芒草。有一種偷東西的感覺。人花心思去偷的大多是一生再努力都不能擁有的東西。只有這樣才行。

回到車上時，你說：「為什麼芒草都變紅了？」

「不知道耶，你知道嗎？」

「不知道。」

但芒草在風中更紅更紅起來，在藍白色的霧中搖曳著。紅得讓人都難過起來，從每株芒花的末端滲出。

我們直接往更高的地方，不再回來。

上面有座停車場。停了兩三輛汽車，卻不見人影。兩隻雜色的流浪狗徘徊，有路燈但沒有亮。地磚縫裡探出一些草，空氣中混有草和狗的氣味。遠遠又有兩隻狗從霧裡走來。我感到不自在。遠方有間廢棄的建築，警備室裡頭充斥霉味和尿騷，裂縫爬有黃色的地衣。鐵柵門上鎖了，我看不出裡面是幹什麼用的。

當我回頭時，卻沒看到你。瞎找一陣，發現你蹲著，那些狗圍在周遭，正前方是一隻純白色的，你正從鏡頭裡深情地望著牠。我遠遠看到你，想衝過去把野狗趕走，但身體卻定住了。我看著你，你看著牠，僵持不下。

結果牠先掉頭走了。我鬆了一口氣，卻又感到沮喪。就在這時，我看到牠的另一隻眼也是白的——一只瞎掉的死眼。牠若無其事的走開，其他狗也隨之散去，就像憑空消失般。

你說牠美極了。

「你有看到牠一隻眼是瞎的嗎？」我說。

「在我的鏡頭裡看不見。」

你不喜歡拍人，這和我不一樣。可能，我唯一在意的是人。但你喜歡狗，只要是狗你都拍。這也是相處一陣子後才知道的事情。

「你會記得在哪裡拍到這隻狗嗎？」我說。

「可能不會，」你說。「照片好看就好了。」

我知道啊，我知道你會這麼想。

停車場似乎位在一個很高的位置，出奇的冷。雖然路還繼續往上，但我們決定下山。

下山的路很順暢，破車流利地滑行，畫過一個接著一個的彎。越來越快。我們好像長了紅色的翅膀。兩旁的樹變成一團綠霧。我的手抱著你的腰，甚至探觸你的身體。你沒有抵抗。

林間單調蜿蜒的長路。綠色的霧。你的安全帽與背。你的腰的柔軟。速度感。沒有其他多餘的情緒。不停頓的下墜感。速度與沒有停止的移動——

我回想到這時總想起布朗第一次載我過橋的事。出發前，他從機車座下拿出我送他的手套要我戴上。我看得出他一次都沒用過，幾乎是全新的。我要他戴，他就自己戴了，但沒有說之前為何不用。我在他身後，感覺速度越來越快，就快要上橋了。他把我的手放進他的風衣口袋裡。「會怕嗎？」他喊。「不會！」我們就像一枝藍色的箭矢急迫要抵達彼端，世界只剩下我們與一個永遠無法抵達的盡頭——

——就是這兩次經驗讓我知道，從那一刻起，我們永遠都不會停下、不會悲傷，也不會死去。

生日

張開眼睛的時候已經是中午了。

不覺得累，中間好像有醒來幾回，但沒有起來。眼皮如附黏在水面的兩片白色花瓣，不易掀動；還沉在水底的人，沒有吸到足夠的空氣，無法浮出水面。房間裡只有我一個人。我在小小的單人床上側躺如一隻魚，陽光側身通過百葉窗，在我身上映出一明一暗的條帶。我可真像一隻魚。但我沒有鱗片，赤裸在被子裡，靜靜地待在魚缸底部，不吐氣泡。一整個早上都不聲不響。

布朗在上班了，鬧鐘沒把我吵起來。我踢開被子，坐起來發呆，暫時先不看手機——布朗應該有留言。胡亂刷牙洗臉，鏡子裡我又是滿臉鬍渣。但覺得好懶。替自己做完三明治，就出門了。

我提醒自己要給你留個訊息，但不知怎麼地，今天已經忘了好幾次。布朗昨晚十二點留的言，他是第一個。當然他是第一個。他倒數時間發出，它成功發布在頁面最上頭，為此他很滿意。我覺得無聊，扯了一些別的話題，各自睡去。

突然想往山裡去。

一個人上山健行是件舒服的事。我腳程很快，不一會兒就爬升到步道的入口。有點熱，但在樹下走的話就好多了，還可以聽到樹冠沙沙作響，不見蹤影的鳥冷不防的叫一聲。天熱起來，濃密的樹林就有很重的氣味，很野，路面與草莖一片濕黏，石階縫擠滿青苔，沒有石階的路都是黑褐色的腐木與爛泥。空氣裡蒸騰著森林說不出的話。腿上被蚊蟲叮了好幾個包。路不難走，卻是持續的上坡路，一路上都沒有人。這樣的狀態好極了。

過一陣子，我開始流汗，但不急著喝水。以一定的速度持續往前，不走岔路，不停下來欣賞風景。腳步規律的落地、離地。這是我跟我的運動。上衣全濕了，開始有些喘。我感覺汗順著頭髮，一條條合流分支，透明清淺，流過額頭、眼角、兩頰，從下巴滴落，被地面吸收。頸背也立著汗珠。我感覺到我的小腿大腿，我感覺我用力的呼吸，上衣褲子黏貼在身上，我的身體不斷的往前，不斷往前往前。

布朗打給我，我沒接。再過個彎，就要下坡了。回家前我打給他，說出門手機不放在身上。他不開心，我們小吵了一架，但沒事。

拖到晚上才留言。沒幾句話，不知道該說什麼。今晚布朗沒有再提你，也沒提今天吵架的事。平凡的一天。通常我不這麼早睡，只是一時突然不知道幹嘛。覺得今天被咬的地方有些發癢，我怕睡夢中不自覺抓破，去櫃子裡找了清涼的藥膏抹上。然後躺好關燈。

好黑好靜。我揉著發痠的大腿，睜著眼睛，四周沒有聲響。煩人的蚊子不知哪去了。沒有物品打算開口，沒有事情要發生。睡意全無。時間發出微弱的聲音。黑暗中，一切沒有輪廓，沒有人看得見我，連我自己都不能。

生日快樂。

大部分的時候我不再想起你。我記得接布朗的電話，記得他無關緊要的瑣事。我怎麼能不記得不太能喝的他，在視訊鏡頭前無比哀傷的看著我，一大口一大口地吞下一整瓶烈酒。整晚他不停的嘔吐。幾天後我去找他，幾乎還沒有解釋，他就緊緊的抱住我哭起來，要我跟他做愛。

你自然地消失，就像傷口癒合不留傷疤，而皮膚完整得不禁讓人懷疑自己曾痛過流血過。我以為就是這樣。你消失了，如氣味般消散。我感覺一部分的自己也在消散。

這時我不希望被打擾。

你會以為我不記得你的生日，只是隨意在臉書上看到通知，敷衍幾句。布朗獲得全盤勝利了。我得承認。但他打敗的人是我。你毫髮無傷，輕巧優雅，像我初識的你一樣。我沒見過你沮喪憂傷，就連分開，你也是瞇起眼，笑著舒了一口氣說，這樣很好。

我不希望有人打開燈，發出聲音。我有權利好好面對它，面對我對自己的恐懼。手機突然震動。我翻過身背對它。可能不是你，但我不想確認。又持續震動了幾次，每次都順著背脊爬上來到另一頭。

我於是緊閉眼睛，想像以後我們開始能夠正常相見的情景，老天，我真期待那天的來臨。

公仔

記得剛認識不久，我第一次要求跟你視訊，你閃躲半天，口氣為難但沒有不悅，只是平常的伶牙俐齒都給吞了下去。

我知道你過去是怎麼使用視訊的。漂亮的裸身的你，打開鏡頭，在自己的房間成為蜂王，每一格你看不見的螢幕裡都有發情的惡魔，伸出牠們的角。看你奇妙的單人遊戲，溫柔摩挲飽滿的柱頭，看你豐盛的花蜜。

鏡頭一開，房內空無一人，你躲在鏡頭的死角。彩色的雙人床一半堆滿雜物，僅留下你可以躺下的空間，後面衣櫃隱匿了你花巧的內褲，晾起來勾在金屬夾子上時是一整排進口的熱帶鸚鵡，被角度的門隱匿的你，站在我的身邊，將鏡頭微微轉動，我看到兩面大玻璃櫃，密密麻麻站滿了公仔，有大有小獨立在自己的尺度，不因身旁微小的樹或巨大的嬰兒而調整自己的體型，沒有重複的髮色與眼珠，開在不同路線的小客車對撞、連環、擦邊——姿勢、性別、年齡、物種……那複數的動畫世界的塑膠袋破了，它們像各色金魚，在同一片玻璃池水相遇，彼此都有些微微的尷尬與詫異。這時你已經偷偷冒了出來。驕傲地展示你的寶藏，像是一個驕傲的賊數他的財寶。那玻璃櫃的上面堆滿了更多沒有拆封過，睡在紙棺材裡的公仔。三十幾公分內中世紀的古堡或其他封閉的設定還是他們全世界。你不打擾他們乾淨的小星球，只用你的外星人手指觸碰他們覆上薄薄灰塵的大氣層表面。

我看著那些從沒拆封的部分，還有那些被排在後排的傢伙，替他們可憐，同時覺得你毫無理智。為此傾家蕩產也不足惜。你幾乎和上帝一般貪心。瘋狂地打造各種可能又將他們丟下。要怎麼說你和他們仍保有關聯？你西奈山一般的臉倒映在玻璃櫃上，受恩寵的人便能說，「我親眼見過了你」，可是多數你無名的軍隊，沒有眼光擦拭，沒有機會被拿來炫耀。你不理性占為己有的愛。他們被擋在正角兒後面只露出一些手腳。凝凍在那裡，不再多伸出一吋，也沒有呼救或爭寵。變成背景，一片手腳的森林，樹木都沒有名字。

我不喜歡你糟蹋自己。不是因為你的開放關係，而是因為你的心不在焉。對於我的指責，你沒有發怒也沒有替自己辯白，只是無奈的笑笑，一種「也只能這樣」的表情。像一隻被放在一個箱子裡動不了的娃娃的笑。我不希望你再去約人了。你嘛嘴皺鼻，一副孩子賴皮討饒的表情。但沒有正面回答。

那一陣子，我們天天為這件事爭執。其實不是爭執，你並沒有要跟我爭辯，只是我單面的勸服你。我心裡也曾暗動過腦筋，用這些反覆的台詞填塞你下班僅剩的幾個小時，或許你就沒有時間投入那些你無法投入卻也無法拒絕的邀約了。出乎我意料的是，你好像也聽不膩，除了偶爾和我爭個口舌，大部分都是一副乖巧的模樣。

和我密切來往之後，他們就被放進玻璃櫃陳列起來了。互不相識，也不言語，只能被注視，不能觸碰。你是將感情懸置的專家。他們突然都聯絡不上你，沒有人再聽說你流通的消息。可能他們也察覺到，你終於找到了逃出異次元的孔隙。他們不知道的是，後來，我並不比其他人特別。

有一次，你在網路上看到一隻限量的公仔，一款二色，你難以斟酌。我看了價錢嚇了一大跳。這可不是一般的玩具啊。你認同我，你也認同他們是不一樣的顏色。我說就只是這樣不值得。我閉上眼睛假裝沒看到你失控的購買。現在我透過你的鏡頭看見了他們，他們並列在你個桌上準備讓你拍照建檔。在你的相簿裡，他們都像真人一樣生氣著、咬著牙，向你舉起拳頭，準備大打出手，「我可不是一般的玩具啊」。你那兩個顏色不同的男朋友。

我們出遊，每每都要在回家前陪你去逛公仔店。你拉我晃蕩到那些小店裡，每間都充斥超出我理解範圍的玩具。我總是心不在焉，每次都是選定了店裡一個位置站著不動。等待、等待。我的臉應該也是十分枯燥無聊的。你也知道我不感興趣，但還是一次次地拉我進去逛。好像把我放在那也開心似的。你並不介意我單調的表情。

我看著你的玻璃櫃發呆。他們好安靜地擺好一個張力十足的姿勢，然後就用它嘗試說完自己的故事。我不禁胡思亂想，如果我要說我們的故事，是哪一個片刻會被留下來呢？

你盯著我鏡頭的櫥窗裡看，白色的燈光糖粉灑亮你的臉。纖細的手腳，勻稱自在可以彎折，你完全明白自己正被注視。棕色的頭髮透光後有些偏灰。你的臉孔是塑料做的，你雕刻出來的人中和薄嘴唇。明亮不曾流淚的眼睛。或許你是我蒐集的一件公仔。

我不敢相信自己竟然有這種想法。對布朗與你，我都是這樣的蒐集狂嗎？蒐集不同的戀愛陳列起來，讓自己的臉映照在玻璃上。你是這麼的精緻，這麼的值得愛惜擁有，所有細節都值得讓人再三玩味。你說我貪心極了，你無法認同我。至少，你必須閉上眼睛來。

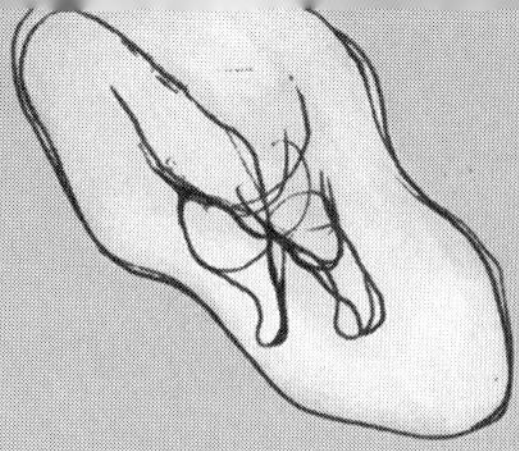

輯三　夜返

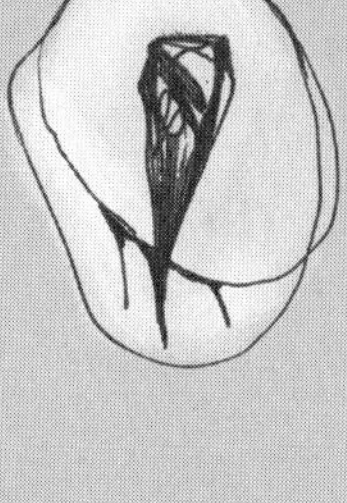

搬家

一根金屬手指小心翼翼地探進去，四周冰冷密合。當我毫不費力地滑到最深處，指紋對著指紋，傷疤對著傷疤，我覺得赤裸，背脊發冷。

小時候，我會蹲下來，把眼睛湊到鑰匙孔上，把門外的光漏掉，想像另外一頭是不是也有人恰巧跟我在做相同的事。我們的右眼或左眼直直地望向彼此，卻看不到彼此的表情。我敢說那會是可以完全了解我的人。他可以毫不費力地深入，然後轉動我的思考。但那另外一隻眼睛不曾出現。一陣子過去，我開始用正常的方式去對待鑰匙孔，我對它的理解也產生了變化。

現在，當我轉動鑰匙的那刻，我就可以知道房子裡有沒有人。喀，鐵門直接打開，有人在家。用六角形頭的打開上鎖的內門，轉三圈，開了。父親習慣鎖內門。沒人在家的時候，外門會上鎖，內門不會。如果是我在家，內外門都不會鎖。

我開門，他歪斜躺在沙發上，沒有開燈，窗簾拉上一半。電視白熒熒的光，灰塵一般敷上地磚，游移在空氣中，零星落在茶几與他的臉上。他穿鬆掉的白背心和短褲，肥胖的身體陷進沙發，沒有受到開門打擾，一動也不動，成為家具的一部分。電視轉得很小聲，小到讓人以為是怕聲音打擾到什麼。電風扇嘎嘎地從右邊到左邊，從左邊到右邊。

自從父親退休，一回家就是看到這樣的景象。要不，電視開著——大約會是播著球賽——而他埋首平板，這樣的情形可以持續好幾個小時。在母親到家前，他鮮少開口。我從來不知道他在看些什麼。我知道他辦了臉書，也常上網載電影看。我知道他讓自己跟上時代。在我還不會智慧型手機的時候，他已經上手。但我不為此焦慮——我無所謂跟上或沒跟上。他逐漸了解，這些功能帶給他更巨大的孤獨感：他是個被款待的異鄉人。於是臉書逐漸荒廢了，他像一隻蛇安靜地蛻去舊皮。

我直接上樓，進房間鎖門，然後才真的感覺回到家。雖然，除非必要，父親是不會上樓來的。就連早上也是。他會站在樓梯一半的地方喊我起床。每天早上八點，沒有誤差，像提早預備好只待時間流經他的懷中。父親變成一架立鐘。每一句話都清晰完整，可以在固定時間重複播放。他很早醒來（甚至不知道他是不是在大家入睡後真的睡了），但只要離開了他心中設定的整點行程，例如做飯，父親就開始半睡半醒；但時間不斷地從他的肚子穿過喉嚨流向頭頂，讓他無法真的跌入深沉的睡眠。時間消散的地方，頭髮開始難以生長，紛紛凋萎了。

聽母親說，我和父親這樣尷尬是因為小時候他打罵我。但我絲毫不記得任何父親兇狠的表情。反而我記得母親大聲叫罵的聲音，像炸裂的鞭炮，讓人心裡一顫一顫，雞皮疙瘩都逃到髮絲尖兒上。母親總是表情生動、在我面前張口的那個。父親站得遠，說話平平穩穩，不帶多餘情緒。我怕父親甚於母親。那一個個字只要一站起來——你知道它們的意思。

但說實在也沒有什麼意思。父親的嚇阻隨著他的變形越顯薄弱。我逐漸看清楚他的長相：他急遽的縮小、變圓，發出機械運轉的聲音，那聲音再平凡也不過，規律，穩定，始終被忽略。家裡忽然多了很多大桶的廉價冰淇淋、餅乾。他與所有色彩繽紛的盒子一起擺在矮桌上看電視。傍晚，電風扇的風一吹來，所有的包裝紙全部一起飛起來，像溪谷裡的黃蝴蝶。空保麗龍盒子滾過客廳。

父親還是站得遠遠的說話，字也開始縮小變圓，擠在一起。後來，我以為他不太愛管事了。但母親說，他開始習慣趁我上樓後，一件一件說給她聽，急切細碎像小彈簧鬆開一樣。母親會一邊聽他說，一邊看電視，直到夜深母親的電視節目播完。關燈，睡覺。

布朗下課到家已經十點。他慣騎夜車，天黑之後，路頭髮般長長了，夜空低下來只有一層樓高，安靜地迫下來。他像隻倉皇的兔子，頭燈眼睛閃閃發亮。下課同學各自散了，他夢遊般隻身如鉛筆，機械、麻木地畫過幾個轉折。鄉下地方人氣稀薄，一入夜，陰陽倒轉，地上的都死去，活的都被抓走。布朗騎得更快了，凍人的風迎面刮來夾帶豬糞氣味。一路蚊蟲不斷撞上安全帽，伏貼在突如其來死神的視野中。不知道布朗真喜歡速度，還是也怕黑，怕鬼？

尤其半年前回家途中出了車禍。過橋時，警示黃燈揮了一個空拍，憑空閃出腳踏車老人一名歪歪斜斜，破棉絮般飄過馬路，分不清是輪子還是腳點在地上。布朗心頭一緊，向外打滑，肉包鐵翻滾幾圈，就怕攢錢買下的寶貝機車破相。他自個兒爬了起來，想拉嚇軟在地的車子一把，一陣劇痛才發覺斷了鎖骨，而他的記憶也在那刻啪一聲折斷了。明明四下無人不知誰報的警，救護車劃過黑暗發出尖叫與火光，現場只見布朗愣愣地站在路中央。老人早幽幽緩緩地騎走了。

布朗福大命大，在醫院躺個兩天就出院，活蹦亂跳像全新的。幾個月後，他就能摸摸復原的鎖骨，自顧自地說，「這支長得粗一點」，像照顧莊稼一樣。倒是在那之後，車龍頭微微歪了，一直沒拿去修——布朗手頭吃緊——它不像它主人的身體，連癒合都急著跑在前頭。探病的人不免勸了一輪，而大家也信了布朗這次會學乖——他們哪次不信呢，布朗最得長輩緣的。前腳才出醫院，布朗與他的歪頭駿馬悶慌了，織錦般縫補街衢，像溝裡滑溜機敏的黃鱔魚。布朗心比人快，嘴比人快，獨獨只在自小住城裡的尼克面前慢了，老實起來——但催油門是手的事，於是他慎重地帶尼克去買了全罩式安全帽，說，這樣安全。

布朗最近要搬家。可是才剛搬到這一個多月呢。當時，尼克眼睜睜看布朗一股腦把東西全往袋子裡塞，地牛翻身，一座城都給搓成幾個土饅頭。吹風機、牙膏、棉花糖屏住呼吸，一屋子粉紅塑膠包，高高低低蹲著巨大的問號。兩人連滾帶爬地把他們弄下樓，載走，弄上樓，由於貴賤雜處，薄膜內他們都免於被傷害。擠在空屋裡，他們像操場上穿運動服的小學生，又像集體婚禮背對著門戴頭紗互不交談的新娘子。尼克和布朗是兩個誤闖自己婚禮的新郎。

總歸布朗想要搬家。床邊還剩幾個袋子沒開，這裡簡直是一團揉爛的廢紙，皺摺裡不見天日，久了都以為自己是蟲，怎麼也咬不穿，讓光進來。要命的是自從住進來，布朗就覺得被監視——這房間有兩扇窗子，不過是死窗，沒掛窗帘如沒有眼瞼霧白的死眼——是隔壁房那不懷好意的女生眼神釘穿牆來？幾個夜晚，電腦螢幕自動啟動，藍熒熒一屋子變形龐大的影子，東西全都被移動了。自然尼克要說布朗疑神疑鬼，讓物品也不得安寧。他不在的時候，布朗每天晚上獨自和一盞玫瑰岩燈說悄悄話。落單封鎖在這樣的屋子讓人不忍，可是若那燈裡真的有神……尼克感到更多驚懼。幾乎同時，布朗發了一身奇癢無比的小紅疹。它們露珠般掛在他的皮膚上。其實該是環境過敏，而布朗覺得是好大一群蒼蠅般趕也趕不走的晦氣：本體盤據在浴室裡。前任房客留下的整間黃黃綠綠的發霉磁磚。布朗不知道從哪弄來一大包檸檬酸。「那對髒情侶，」布朗賊賊地笑彎了眼，「我拿他們留下的牙刷刷縫縫。」

這時，布朗剛洗好澡，裸上半身盤坐在巧拼上，啃自己做的三明治還有堅果，一點一點地藏進腮幫子裡。衣服滿床，衣架如鳥巢，工作制服綁在裡面。布朗邊吃邊瞅著網路那頭、電腦螢幕上的尼克，像看一幅畫。

尼克要布朗這次別再一個人住了。布朗問，擔心嗎？布朗是問他擔不擔心他帶別人回來睡。可是尼克想到的是上次布朗生病，要叫他起床，信號卻一次又一次墜入語音信箱。當晚沒人進得了他的房間，解鎖他深沉的夢境。尼克心裡全是可愛的布朗獨居老人般死了好幾天沒人發現的慘狀。

——因為我想要跟你住。布朗像他其他的衣服一樣軟在床上，只有聲音從裡面冒出來。這是他隨口搪塞的話嗎，尼克想，這心不在焉下選擇的蛋糕、抽出的塔羅牌，意思是「如果要一起生活，我選擇你」，還是「因為我要和你住，所以我不能夠住在家裡了」？也可能很簡單，這是他對房間的認同：哪是客房與誰是客人。

一想到自己可能是那個藏起他家門鑰匙的傢伙，尼克不禁有些不安——拜託說點實際的，尼克表示出不滿的樣子。可是布朗不理會，像輕巧地跑過馬路，在對面愈發發起神經來，說起要天天待在家裡由尼克養他的瘋話。尼克知道，如果要好好談這個問題必須制止布朗。他提起姊姊。前陣子才聽他提姊姊因為工作的關係要搬回市區。

她還不確定什麼時候哩，而且受不了跟她家那兩隻住，房裡都是毛，我會打噴嚏。

布朗家裡也養狗，事實上，現在屋裡就剩媽與牠彼此照顧。尼克問他，真的不去跟媽住嗎？一個人的諸多方便與不便，他應該很清楚。所以真的不跟媽住嗎？

我每周都有陪她吃飯。

那是另外一回事，尼克說。

布朗沒有回答，一隻憨實玩偶般發呆。即使像個小孩，尼克知道他並不真傻。這些事情他懂得。也是後來尼克才知道，那天下午他打電話給房東，更改租約。這裡就租到六月底——也就是兩個月後。那時他姊姊還在嘉義，尼克剛剛放暑假。

這事要開口愈發困難，尤其在母親與我關係改變之後。

從小到大我跟母親最好，有什麼撒賴的要求定是向她開口。從客廳到主臥室，要經過一段小小的迴廊（由於廁所的隔間），窄窄暗暗，兩旁是高大的木頭櫃子，深藍色櫃子擺肥皂清潔劑過期香水，褐色的放電池強力膠紅黃電線和囤到長灰塵還沒拆封的燈泡。這裡像腸子內部一樣，幽暗、潮濕，四周都異常敏感。我躡手躡腳來到門邊，往裡頭偷看。父親像某種遊戲裡的魔鬼。冒險者（也就是我）只要看到他的影子，巨大且如石頭一般的質地，就會被制約啟動避難機制，一溜煙到原點房間重新布局，魔鬼則緩慢地迫近。在我的想像中，魔鬼只有影子，沒有眼睛也沒有嘴巴，只要被黑影的邊線壓住就無法脫身了。我往裡頭看——幸好，只有母親一人歪在床上看電視。這時就會厚起臉來，不由分說先往她懷裡蹭好一陣，才巴巴地說出難以啟齒的要求。

現在不同。夜裡到家，父親還在平板前狂熱工作，沒問我晚歸的原因。主臥室的門開著，我走近時故意把腳步放重提醒裡面的人。母親背對著門看電視。我在門邊止住，說我回來了。她彷彿沒有聽見，對著眼前的節目出神。我給自己台階默默遁入黑暗，但就在我走入狹窄的洞穴深處時，一個潮濕的「嗯」從遙遠的地方傳來。我無法辨認它的方位，我們似乎處在一個不見天日的複雜鐘乳石洞中。

我不再躲避父親步步進逼的身影，但母親的聲音卻像一片小小的蛛網黏在後腦勺揮之不去。

說來也不是件大事。那天他們出門沒關電視，我沒注意，直接進房間看書。他們回家電視仍然開著。母親怪罪下來，我覺得冤枉回了幾句。大抵如此。為了關電視，母親跟我不再親密了。原本想說就一兩日，沒想到時間一久，幾星期過去，破的口子都乾了，遲遲沒法光滑如昔。她披著那件痂，用它遮住眼睛還有嘴巴，像一隻衣蛾，掛在牆上，吃棉絮度日。

父親從頭到尾沒有介入。

她開始萎縮，沒有說出口的話，開始凹陷進去變成細紋，我看得膽戰心驚。可是，她卻多出一種奇異的活力，把家事打理得乾淨俐落，連父親都不知道她何時把衣服洗好曬好燙好摺好，桌面也收得齊整。她把失去的語言用勞動拼湊起來，但不是為了這個家，而是為了語言本身。

奇怪的是因為如此我跟父親反而說起話來了。雖然僅限於基本問候。父親似乎偷偷感到欣喜，又覺得不應該，但我知道他正小心觀察著這個變化。母親節我畫了卡片，寫示好的話，趁沒有人時摸黑放到房間梳妝台上。隔天什麼事都沒有發生。一切如常。卡片被收起來了。

母親應該早就不氣了，但也僅只如此。她還在等待一個更長的周期。我猜想，她被那件痂的帳幕困住了，而且感到十分不解。

起初布朗閃爍地暗示尼克，暑假有什麼安排，咬冰塊那樣輕輕地鑿著邊緣。但布朗表現得太隱微——冰塊順著紅色的小舌頭繞了一圈回到原地——尼克沒聽出來。他只好說，學校規定要實習，兩個月，在暑假。（輕輕地吹一口氣，小小的紙船沒有翻。）他說如果他在國外工作。（他不安的小小的水手突然發現四周都是海，尼克從海的深處看著他。）如果，只是如果。布朗嘗試提高假設的性質。當然尼克最後會說，一起去。布朗快樂暈了。從此他陷入對祕密假期無限上綱的幻想。

儘管原本盤算的澳洲工廠不缺人手了，布朗依舊興致勃勃，眼睛都翻往南半球。他張大的嘴裡走出好大群的牛跟羊，他笑嘻嘻地躺在巧拼上扮牧童，咬起堅果來，牛羊在旁邊吃草。以往到家總累癱在床上，呈半昏死狀；現在他迷上打工換宿的網站，看不懂英文就用網頁翻譯胡猜，有時尼克懷疑他光看圖片也開心——每張小屋、農莊的圖，都能展開一整組幻想的套裝行程、異國的角色扮演。在尼克睡了之後，布朗會偷偷爬起來繼續看，嘴巴微張掛著黑眼圈，骨子裡燃燒著，像一隻小小藍藍的鬼火。背著他，聯絡了幾家代辦業者，被高額的代辦費用嚇了一跳，但這並沒有撲滅布朗的幻想。

桌上多了很多藥袋，推估該是父親的，綠白相間密封，彷彿桌面過於潮濕生了苔蘚，又或者，這是某種耶誕節憑空冒出的禮物？我們並不懂得追究這些可疑的贈與和他們神祕的贈與人，我們會打開盒子，並在無意中把無法預期的東西放出來。況且這幾年父親平常就吃不少藥。母親把藥袋仔細像襪子般捲起來收進抽屜，手指像水果選別機，把膠囊藥丸引導到正確的小格子，又像走到正確的自動販賣機前投下手中的硬幣。我從沒看過父親吃藥，因此無法想像它們一路滾下他布袋般的肚腸，如何在血管裡發芽，父親又是如何心不在焉地忽略細小的機械運作聲音。飯後我收拾完桌面，母親背對著我刷洗炒菜鍋，把焦黑又油又鹹又脆的傷疤，用眼淚般的沙拉脫和清水沖洗乾淨——父親只負責炒菜。我感覺自己的身體輕飄飄如一片油花，順著腸子形的黑橡膠水管離開公寓，浮上我閣樓的房間。把自己鎖起來，像置放在培養皿裡。飯後的客廳在累積壓力，因為無法開口而不能釋放，我總覺得，當我三步併作兩步離開時，父親也鬆了一口氣。我們默默知道那條樓梯是界限，我需要浮上水面換氣。而且，布朗已經在等我了。他可以什麼事都不做，面對螢幕等我開機。

布朗找到了暑期工作。不在南半球但也是島的最南界了。餐館開在墾丁大街燄芯的最末梢。春天時尼克和布朗一起去過，還留下拍立得相片：布朗拉著尼克的肩，未來的老闆透過鏡頭看著他們說，三、二、一——相片一碰到光，日子就一天一天熱起來，雨季也來了。當時怎麼想得到，他們的模樣已經抵押在店裡牆上，等待他們回來重合，接下工作。

周三是店休，可以和老闆學衝浪。住處落在老闆朋友們合住的透天厝。他們都靠這條街生活，白天屋子繭一般安靜，傍晚才傾巢而出，變化成帽子小販、飾品鑄造師、變裝皇后，個個臉孔華麗鮮明，理所當然地站在街上。旅客不禁回頭，看著這些彷彿似曾相識的神祇。布朗與尼克也會變成兩隻小妖，在其中鬼混，偷偷在旅客背後笑上一兩聲。

可是這些，布朗——媽知道了嗎？他的衝勁有時讓尼克感到懼怕。可能是因為還住家裡，從來沒有工作經驗，那些不敢說的話、做的事，此時像睫毛倒插進尼克的眼睛。他不像布朗，兩年前剛上大學，就賽鴿般衝出鳥籠往大海飛，半根羽毛都不剩（布朗也是那時候學會機車的），留下咿咿呀呀鐵籠子的門，母親把籠子收起來，回家把籠子關在房間裡。可是尼克也想到布朗和他說過，他們家的還有其他很多、很多鴿子再也沒有回去。尼克覺得有什麼從胸口飛了出去，留下一個鴿子的空洞。

兩年前布朗考上大學，全家都鬆了一口氣。姊姊們紛紛北上念書，小兒子布朗一支迴力鏢怎麼扔都跑回腳邊。在水溝抓大肚魚，到大姨的蝦塭裡撈大蝦，拿BB

槍偷偷射電線桿上的樹鵲，布朗總是跑來跑去，有時撒賴裝病不肯上學，跑著跑著也跑成一個黑黝黝的小夥子。但布朗始終跑不出這個屏東。

切換到夜間上學這件事，就像在平原奔馳的火車突然間鑽進地下，布朗望出車窗，決定拚了命也要出來住。為此他得打工賺取生活費。尼克想，布朗的時間是很神祕的：他總有大把大把的時間，看著他的魚呀蝦呀發呆；現在他大把大把的時間，餵給白日的工作吃，吃得好就長得更胖了，可是手上的錢卻癟癟的，這讓布朗感到十分奇怪。他發呆時開始習慣數算自己的積蓄，把零錢投進飼育箱裡。他甚至搞不清楚自己丟下去的時間，早就被樹鵲一粒一粒撿走啦！於是總能看到布朗穿各家商店制服出現，一個屏東好像有好多布朗同時賣力地工作著。可是還是要說——夜裡上學分外不同。為此布朗才一夕裁縫大人身體，小心翼翼穿套進去；因為這樣，布朗才開始倒立行走……

到現在她都默不作聲。有時布朗甚至懷疑母親沒有看到，硬是在她面前敲鑼打鼓，拿羽毛搔癢她睡著的臉。布朗就不甘自己落得瞎演一場。一場沒人捧場的野台戲，多可憐淒涼。她睡著的臉眼皮都不抽一下。

布朗想起國中時去體育館練球，從家裡出發，上上下下踩腳踏車，一身臭烘烘大汗，皮膚鐵皮屋頂般一閃一閃的。傍晚和學長學弟窩去公園的黑輪攤胡亂吃吃就回家。他發現自己從沒有和他們出去玩過——他一直是一個人玩——記憶中，他不斷地踩著腳踏車，笨重的球具在背後左右擺盪，太陽跨坐在他的肩頭，從九塊厝、網漁工廠、廢棄醫院、不斷向前延伸的水田……在家布朗說話最快，動作最急，母親喜憂參半；三個孩子只有布朗敢對她回嘴。可是她清楚知道，當命運如鐵門迎頭砸下，一切像脫水的細胞不斷向內萎縮崩塌，是布朗撐起這個家的。另一方面尼克和她都明白：布朗既膽小又愛面子；大抵是乖的，只是愛耍嘴皮子。

尼克，這時如果我在家，可就不能像這樣跟你講話了。

布朗說的是真話。

——弟弟，爸爸帶你去打獵好不好？別告訴媽媽。布朗偷偷鑽進主臥室，拿了槍和子彈，這也是遊戲一部分的任務。出門前他成功蒐集了一枚印章般讚許的微笑。他戴瓜皮安全帽，風呼呼地刮著他的小臉。不知道是心情好還是陽光太刺，爸爸的眼睛瞇了起來。弟弟，樹鵲、樹鵲！他遠遠看到電線杆上的影子像太陽的一塊黑斑。瞄準。——啊，爸爸，牠掉下來了——他看著小小的鳥屍早被拋得遠遠的，心裡害怕，抓緊爸爸的衣服，爸爸英雄般哈哈大笑騎得更快更快——

布朗說，爸爸二十歲的時候靠玩賽鴿替家裡買下第一棟透天厝。

布朗憂心忡忡地看著他養的那一盒零錢，牠們一天天消減，瀕臨絕種，剩下越來越空的盒子，他的倒影從裡頭憂心忡忡地望著他。他仔細把他的寵物、他救命的神，藏到尼克看不見的死角。布朗知道這是張試紙，尼克從遠端就能知道彼方的酸鹼，他格外小心不被識破，懷著這個祕密他心存小小的罪惡感。可是，是的，這天他的存款就要乾涸，不久龜裂的痕跡就會被察覺，尼克如月亮般準時造訪他，布朗感到一盞刺眼的巡邏燈，他必須搶先說出來——可是，他反常地嘆了口氣說，就是嫌這裡房租太貴才想搬的。

尼克本來以為布朗是嫌房子小、環境差。這時尼克必須警醒些，布朗寧願三餐不濟，寧願背著他向同事借錢，也不願讓他知道；事實上，布朗也真的借了。

這天，布朗回到家把自己縮得好小好小，啃更多堅果，用小臼齒把每個顆粒磨得更碎。尼克從水面上望進去，很難判斷底下還剩多少氧氣：布朗是憋氣的專家。他會說這樣的話並不是求援，是迫不得已上來換氣，才張口，又要沉下去——就像故事中掉入井裡的斧頭，布朗想要自己變成金色的、銀色的……尼克說需要應急時——不，我不拿你的錢，布朗一口拒絕。前兩天我和媽拿了兩千塊，要不然別想去墾丁了。

一切總離不開錢。他豎起耳朵聽，手頭緊的時候，被觸碰的事物都會冒出數字與流水般的銅板聲。布朗心想，那就是時間的聲音。他出門上班上課，隨後即刻回家睡覺，把自己和僅有的錢鎖在睡夢裡，他避免回想那場難堪的晚餐——從頭到尾，母親只冷冷地問了一句：什麼時候要還？——但布朗默默和著食物吞下去：他沒法付這頓飯的帳。他努力把墾丁的風景明信片卡死在意識上，切斷他的視線，不去看她透露出的是什麼情緒。這一刻他感到幻想也是欠債。

布朗離家至今從沒跟家裡拿過錢。尼克嘗試安慰，她畢竟只是說說而已。可是布朗尖銳的反擊——你不了解她。一個人把三個小孩從國中養大，要錢，她情緒低潮沒有工作，要死，沒死成，活過來賺錢，是為了孩子賺錢嗎？我不知道，但這個家是錢撐起來的。即使現在不缺錢，她還是心有餘悸，對我們也不例外——布朗的聲音，振動像洞穴蝙蝠翅膀窸窸窣窣地摩擦。他誠摯地向我告白：我也好愛好愛錢呀。

他不是沒猜想到，只是蝴蝶停在意識上不一會兒就飛走了。在一次朋友聚會，大家間接談起，像所有這類的事情，交換一輪玻璃杯飲料就心裡有數。尼克不動聲色地也喝了一口布朗父親的死。並不怪他們，這不是不為人知的祕密，相反，這只是布朗有意對尼克豎起的屏風。就在落實猜想後，尼克發現自己等待著布朗主動來談這件事——他當然有權知道——但情況不如預期。是因為布朗去過他家，見過他的家人，所以開不了口？布朗會這樣想嗎，尼克實在無法下定論。尼克試著想像自己離家後，和現在會有什麼差別。他們甚至無法用錢來當作讓尼克回家的最後籌碼……。

看尼克不說話，布朗以為他心情不好。一隻蚊子飛到布朗的臉頰上。布朗說，啊，有蚊子。夏天到了。布朗突然想起什麼，回頭把泳褲從衣服堆裡抽出放到最上面。他不再討論錢的事，彷彿一切問題都解決了。尼克知道這幾天布朗又要暫時沉溺於他的美好幻想。可是我們又怎麼知道夏天到了？只是因為雨細密地落下，蚊子吸飽了血，一隻一隻沉甸甸地飛上來嗎……布朗說他能夠拿橡皮筋射死蚊子，尼克半信半疑，看他專心從電腦螢幕裡搜索尼克的房間。突然，他繃起橡皮筋，朝尼克的眉心直直射過來——

原本家裡應該不知道布朗的事，可是最近我不那麼確定了。不知怎麼，母親看起來心事重重，像一隻可疑的鳥兒，一下停在這一下停在那。收起翅膀時，小小的眼珠子鎖著人不轉動。我回望她，她又旋開眼神，裝作忙碌家事，把地板擦得更亮。所有可能都被她擦得乾淨，我們過去的鬼魂從反光的地磚裡忡忡地向上看著。母親心裡正盤算如何開口嗎？

其實也不奇怪，家裡隔音並不好，我夜夜跟布朗通話，要發覺並不困難；我同樣能聽見電視機對著父親大聲演說。我的房間是頂樓加蓋中的方糖，整個又是錫箔兜起來的小包袱，聲音再柔軟都能互相滲透。

布朗住屏東的小火柴盒，隔月相見，每次幾乎都要把房子燒了。沒有碰面錢間，我們天天透過視訊聯繫，像對坐一張桌子開家庭會議。午夜過後，我們熄燈，我讓他躺在身邊，一隻聲音的飛蛾斂在枕頭上，口齒開始含糊時，互道晚安倒數掛電話。近年父母親睡得早，十點前後就沒了人影，房門半開，電視的藍肉足探出殼外爬伸。在中心他們兩顆苦珍珠沒有睡去，在我和布朗通電話的時候漂浮起來，貼伏在天花板上竊聽。兩顆無法透出來的氣泡。父親跟母親並不交談，他們彼此對視，解釋瞳孔上的反光，他或她聽到的內容……直到入睡。

布朗每每半夜托夢，小跑步來敲開我的門囑咐，仔細點，挑個好時機說。布朗和我躲在我仰躺的身體下編織計劃。

一整個星期我伺候著卻無功而返。尤其他們已經警覺，而威脅持續擴張，他們狡猾地避開那些獸頭獸腦的黏鼠板。可是它的脈搏逐漸使房子地震，水位直至喉際，家具載浮載沉。他們發現再也無法忽視它。父親連爬一點樓梯都感到喘。父親換著氣，他準備再爬一層上來嗎？（布朗不催我，但我知道他心裡急。工作待他答覆，他也計算要如何搬家。）父親母親越來越有默契，齊向我空投哀傷又安靜的炸藥。等待的時刻我感到手腳冰冷。我望進一個深深的鑰匙孔，裡面沒有凹凸起伏，也沒有盡頭。我手著一把舊鑰匙，（父親不說，母親不說）把所有的話堵在嘴裡。

父親卻先開口了。全家都吃飽，整桌子菜進了胃裡，沉甸甸的錨落在泥裡不動。一顆螺絲釘從他的嘴裡啪地噴出，父親說，鐘可能要散了。我撿起落在盤子湯水裡的螺絲嘗試塞回去，父親伸手制止，螺絲又掉回盤子裡，骰子般在鐘面上滴溜溜地轉。他慎重地將椅子向前挪了挪，有些緊張又羞澀地說，噯，是心臟。我注意到他是對我說話，不免坐立難安。他壓低聲音，似乎怕母親聽見，替我找一粒銀色小馬達做金屬心臟，就在櫥櫃的電池盒子裡。快。這是他第一次派給我任務，我意會到這是尋寶遊戲，這時母親已經發覺，汽笛在她內裡煮沸尖叫，我飛也似踢開椅子，蹬一腳桌子飛升上櫥櫃，蝙蝠攀在上面摸找——母親顯然沒有料到就是今天他要逃走——在排排電池子彈裡我摸到了，它正發燙焦慮地顫抖，好似已經感應到父親的血管。母親說，下來。不。我緊抓著它，吃進鏽味的汗從手心裡滴落。下來，不要害了他。父親踱來踱去像看同伴爭吵猶豫該站到哪邊去的小鬼。母親說他需要的是醫生。

母親沒說錯，他需要醫生，事實上醫生說，他需要的是一根長長的吸管，啵地像插鋁箔包般插進身體，順流鰻魚游上，來到熱帶，在憂愁阻塞的關口，撐開一把小雨傘，啪，就晴朗了。母親上網熟讀了相關影劇，流程環節歷歷在目，打算在手術室外拉線偶操刀。不過這些都是複檢時才知道的。

他背著大家從醫院回來，打算在晚餐結束時發表聲明，他一邊翻炒空心菜，一邊默默擬稿子。怎樣才會不過火？他用鐵手輕輕撥弄那些綠色的血管。超音波片上，他第一次盯著自己的心臟，同時那顆心想，我可真像一顆實心番茄。醫生說，動脈阻塞得厲害，隨時危險。於是他看到番茄上不起眼的細白菌絲，那不是病，他知道那是他最後的一口氣。他不打算提到番茄。從聽醫生診斷那刻開始，他感到非常地飢餓。不能看著她說——她早在他過馬路氣喘吁吁時，用眼神看穿他。他想了想自己的台詞和身分，反覆重擬了幾次。起鍋時，她在樓梯口向上大喊：吃飯了——他心口一緊，一桌子菜等在那裡冒白煙了。他其實不怕死——但怕極了餐後的演說出錯。修改稿子時能夠一併修正其他什麼嗎？

我還攀在上面，怨恨地看著母親。可是又是他解除了我的任務：一個死局。他輕輕點開穴道，解放兩尊石膏像。母親以為他會搶走金屬心臟奪門而出，心臟在身體裡面空隆空隆地像在鐵盒中，她以為他再也不肯踏進醫院一步，以為他就要拋家棄子了。可是他溫柔地撿起心臟，像是撿起一枚柔軟未開放的花苞，交與母親手中，轉頭對我說，多幫媽一點。噢，我喉頭機械滾出一粒彈珠，就再也沒有了。然後他說，似乎找到了適合的字眼，「也就是，」他怯生生而驕傲地，「隨時可能會死掉。」結束了他的演說。我和母親向前探去，發現他一動也不動，只有滴答滴答的聲音從他裡面不斷發出來。

最終，尼克勢必乘著木馬輪轉到布朗面前。但尼克不喜歡驚喜：雙方都無法準備怎麼去應對。於是他把自己壓進掃描機，把梗概拓印下來，差一隻遊走光纖的小鬼探頭探腦地揹去。這回輪他望著全黑螢幕，等布朗。他不忍心如此輕易用一句話，一根針把布朗膨脹得好大好大的美夢戳破，而且，這公事公辦的理智，似乎表示出他的輕浮冷酷。一盞綠光從對岸的霧中亮起，布朗上線了，他們即刻要用刀子解開，而不是在腦中調度各種假設。

對談桌上放了蛋糕，今天是我們的紀念日。但布朗一刀就切到父親身上。什麼時候？什麼時候？布朗問的是父親的病。但我聽起來一聲聲卻像追問，是六月嗎？六月嗎？在還沒察覺時外頭一步步加熱，這時發現水和肉都熟起來冒著蒸氣的青蛙已經無力跳出去了。不知道，刀子在醫生手上。我讓自己刀俎魚肉，無辜但可恨。事實是，無論六月初、六月中、六月底，我都走不開。布朗心純，此時只憂心父親是否生死關頭。可我的心卻得多開幾個心房，推衍早些開刀約莫休養到何時，晚些又如何。我必須把父親的病跟布朗的假期當作兩塊行事曆上可以拆移的積木。

能怎麼辦呢？尼克魚肉外身鎮定腐爛，骨肉間萬蟲攢動，這是不能被布朗看到的。「不該怎麼辦。」布朗建議先切蛋糕，然後兩人不發一語吃完空氣蛋糕。布朗似乎早有對策。他眼睛神祕而遙遠，像一隻預言鳥看不出喜憂。不然——要不然我跟家裡說，暑假我是去定了。

布朗甚至露出同情的微笑：什麼都不要說。

可是我真的沒那麼在乎父親的病——不及想像中兒子應該為父親擔憂的程度——為此我感到羞恥，但又為自己的羞恥感到安慰。某種程度上布朗比我還要擔心，母親也是。他們因此奇怪地有了連結，遠遠地相呼應，在我橋一般的身體兩側，為正負兩極。布朗和母親四顧茫然，不知為何他們同時髮尖發麻，雙頰通紅。有可能布朗察覺了我的漠然，又替我藉口這是為了讓他好過才表現出來的態度。這是我們少數認真打勾勾的事情：他可以接受被拒絕，但他不要別人拒絕後還賠小心。總之——現下他會極力阻止我去的。但那是為了我，為了我父親，還是為了讓我知道他關心我父親的病？

天氣越來越熱，冷氣越開越冷；剩餘數字越來越少，工作被越踢越遠。但——再等等吧。當事情矛盾又強烈時，產生了都普勒效應：遠處救護車正面急馳而來，警報被空間壓縮越拔越高越瘦——

布朗不會為我丟下工作。他也不會鬆口承認——想都別想——為我所做出任何讓步。實際是他要付房租，而這是我無能為力的。我們不提房子的事，深怕談話變質。壓力假性消解了。布朗更切身感受到無家可歸的迫切，他以為我置身事外，而我似乎只能預見六月底，布朗把自己同其他家具一樣，裝進粉紅塑膠袋裡，等待被搬運到一個未知的所在。

醫生說就是六月。父親和布朗都不能再等了。我的一隻手已經被布朗拉著往前走。（父親大學時從金門隻身跨海來台，那時他是怎麼養活自己的？）我出走關上門時，他會感到時針分針秒針之間有種為難；還是只是有一點驚訝地想，原來是時候要報時了。這點他和母親不一樣——母親的愛是窮追不捨的。

自此就像沙漏的上端，家裡越來越常空著，母親開始請假陪父親去醫院做檢查。每當開門看到沒人在家時，鑰匙也在我腦中旋開，一連串想法飛魚般穿梭而過：從需要我，到發現不能夠需要我，父親母親更需要彼此了。同時，一種錯置的情感浮出水來：他們怎麼能夠——這太不公平——比我早一步離家出走？

尼克不知道的真相是，父親與母親十點前後上床，並沒有浮起身子，貼在天花板上竊聽尼克和布朗的祕密假期；這時父親正興奮而瑣碎地對母親訴說病痛，像是一件他鍾愛、值得分享的事物，每次氣喘、暈眩、胸悶，都有不同的質地、做工，她於是變成了一架錄音機，錄音膠帶越捲越重成蝸殼陷進床裡面，母親長久閉鎖在這沒有回音的家居裡。這些她要如何向尼克開口？

我們每個人都重複擬稿然後銷毀。

在這些變卦產生同時，布朗的母親依然如之前被告知的，不小心被遺忘在過去的時間，以為布朗打算跟同學出國實習。但她不是例外。天花板、牆、時間、空間都包覆我們留在自己的房間。幾乎是膽怯的，擠壓彼此，木頭嘎嘎作響水泥輕微裂開，一直以來，我們孤獨、小心試探，忍耐。這樣搭建一個又一個家。

出乎意料，布朗堅決不要一個人去墾丁。於是我要他回家，不只是為了錢。

布朗生氣了。才不是錢的問題。他好不容易……這次回去，就再也出不來了。布朗急得眼淚打轉。就像這個只能輪到一次的假期。他知道必須如此，即使母親在房間裡，默對著牌位念咒般喃喃訴說多年的病——他們是同一個模子刻出來的。這是家中心陷落的黑洞。布朗不會回去。他會對母親說，我要去這裡、我要去那裡。可是這不是我要的答案。我只是疑惑為何布朗不再溫柔地說，等等吧。等等吧。好像仍合理地對我們抱有一絲小小的期望。

夜返

在颱風到來的前一晚，我和布朗騎車夜返。

布朗把招牌收好，我把店外的木桌搬進店裡堆起來。工讀生騎車四散了，怕雨提早來。後門菜園旁的空地一輛機車也沒有，檸檬樹圍起來的雞舍很黑，枝葉間的陰影裡，雞群彷彿消失了。幾支用過、還滴著水的拖把，高高地晾在竹竿上，像幾個掙扎著想浮出水面呼吸的人。打烊後，店裡只留下吧檯黃油油的小燈。依果，我們的老闆，坐在吧檯獨自抽菸，開著電視聽新聞。他建議我們回去宿舍，隔天再決定要不要回市區。他說，海邊的路上好一段是沒有路燈的，風一起來，連人帶車吹著跑。布朗說好。我們戴著安全帽在店外跟依果揮手。

穿過大街，流動攤販早早收了大半，空出許多不規則的缺口；剩下的一部分熄了招牌，一部分無精打采地做冷清生意。行人稀疏了，我們快速地穿越，沒有人抬頭看我們一眼。整條大街像隻正在褪皮的金蛇，金色的鱗片紛紛地脫落；那些小販的臉孔也跟著一起掉落在柏油路面上，如塑膠袋一般，一陣風就能吹走。我想起依果說，這裡的人花三季冬眠，只有在盛夏，大雨一下，大太陽一照，全部都從地底裡鑽出來——一條街的蕈菇。他們膚色黝黑而不蒼白，讓人誤以為這裡一整年都是夏季。颱風前，遊人的氣息弱了，海市蜃樓便有些搖晃。我想起這裡的冬季，沒有派對的舞廳，暑假的教室，想起暑假結束後我們與其他工讀生迅速的退潮。一轉眼，後輪離開虛弱的蛇信，布朗和我全身浸泡在黑暗中。

我可以感覺到，越遠離那條街，公路與各種買賣的聲音、光線的騷動一點一點地平息下來，穩定成一種冷靜、漫長而哀傷的形狀。我們輕輕地滑行過海灣，沙灘上沒有人，沙灘上有水上活動的招牌，收束起來、枯樹林般的洋傘。路經小鎮時，主要幹道上幾家做消夜生意的人家還亮著。突兀高出平房的飯店，似乎沒有旅客入住。小鎮之後，就只剩路了。

我們微弱的車燈，圈起前方一小塊區域。它在沒有盡頭的公路上，像用指紋觸摸一條蜿蜒的繩子。我感到恐懼。我身前的布朗不在場了，而且再也不會回頭，我身前是一頂空的安全帽，不會停止行駛的機車，懸宕在陸地邊緣的公路。身後的海岸線被取走，接到前頭來，那雙手就像在延長公路的生命線一樣，用棉線在連結處打個小結。我無法分辨這些重複的經歷，是我們注定要經過的，還是只是原地打轉？我就要這樣與布朗的背影老去嗎？

車速上升，安全帽裡我仍能聽到強烈的風的叫喊，但那聲音彷彿是醒來時夢境還沒退潮的殘影。海沒有起大浪，細細密密的波紋在月光下覆疊，在海面增生出一整片虛浮的海藻森林。應該還沒有起風。聽別人說夜裡不要往沒有燈的山裡看。因此，我對右手邊的山是抗拒的。如同身後重新陷入黑暗的公路：那些沒辦法看到的地方總寧靜得可怕，像夜裡無來由打開的房門……突然身體內裡有座深井陷落。就在這時，布朗突然舉手向左邊的天空一指。沒有瑕疵的星空在海的上方升起，隨著我的仰望，向四面八方不斷延展，捲開沒有疆界的地圖，繞過我的後腦杓和山頭，充滿公路以外的地方，海洋都透明，山像落葉般的影子。星座無法辨識，變換各種神話的形象，交換他們的故事，借用不屬於他們的肢體，試圖用各種難以想像的姿勢戲耍。我隱隱想起童年時，自己曾為它們編造出合理且美麗的故事，對應這些故事，我就被賦予了許多使命。現在我想不起具體內容了。

還沒有長成的星星，在海的邊緣如變形蟲般移動。海面上則漂浮著成長所蛻下來的蛹殼，過去的舊大衣，還有一些破碎的、剩餘的，被棄置的畸形者。它們全部一起光怪陸離的上下浮動，在月光的鏡子裡，對星空的美駁斥，產生更完美的變形。當時間更晚，星星幾乎要放棄成為星座，另外一個節慶就開始了。許許多多帶有脆弱翅膀的昆蟲爬上深藍色的天空，不規則的聚著，張開他們半透明、有的綠有的淡紫的翅膀。牠們的觸角上都有最明亮的一等星，規律地緩慢擺動，搔著空氣裡面所含的水與鹽分，調配濃度。各種大小與種類的蟲附在紗上，有時飛起來，有時等待，讓翅鞘一張一合。我看見牠們如一陣慌亂的夢境從我頭頂上成群飛過，並掀起一陣狂風。有一些沒有跟上隊伍的昆蟲形的夢會靜靜地落下來。我讓牠們在我的頭頂上踮起腳尖跳舞。

當我回過神來，慶典已經結束了。夜繼續往下一層地下室走。離開海岸線後，公路變寬了，兩側是沒有邊際的平原，散著一些果園和一些荒棄的農地。進入平原後氣溫驟降，空氣飄著一股豬糞味，遠遠才有一支路燈探下頭來。開始有一些小蚊蟲不斷撞上我們的安全帽或衣服然後死去。布朗並不打算停下來休息。一路上我們沒有交談。在快速的行進中，我扣著他結實的腰，沒有多餘的動作。這是我們最了解彼此的時刻。生活太困難，布朗和我總為生活爭吵，一天總要吵上幾回。那些小小的藏在家具背面的毛髮、舊的斷的橡皮筋、前幾天掉的餅乾屑，往往使人慌亂且怒火中燒。許多以為收好的卻又放錯位置的物品讓對方冷不防跌跤，歸位時竟發現原本的所在擺放了對方固執的藉口。布朗喜歡我，但不喜歡我的生活習慣以及我用來爭吵的說詞。每每開口就難以了結。在那些機巧的、憤怒的、挖苦的、誠懇的話中，我認為已經坦白赤裸的自己——那個用言語召喚而生的代理人——被布朗一口否定而煙消雲散。他並不信任那些透過轉述而再生的意志：他為膠囊的外衣反胃，而無法被裡頭的藥醫治。那是我們最孤單的時刻，彷彿走到恆心引力邊緣的行星。但此時我們互不相涉，思考自己的事。我可能永遠無法真的了解布朗，他也無法更了解我了。因此，我感受到一股更熱烈的愛。

星星消失無蹤，天空沒有變得更深沉，反而呈現一種混濁的紫灰色。閃電來時，平原邊緣震動了一下，彷彿遠處傳來一聲輕笑。每經過一盞路燈，就會在地上投出一個我們的影子。我們不斷奔向並且超越另一個飛馳中的我們。那些被丟下的影子如同我們的爭吵，是緘默的，只要一通過就開始瓦解——儘管接近時都令人懷疑恐懼。我跟布朗說我的發現，他笑了起來。

在我們騎上戰備跑道時，布朗突然回頭要我放開手。看我不動，他自己先放開了一隻手，我感到一陣緊張的興奮。他要我用手去感覺氣流。他把手臂伸展開，上下擺動手掌，好像就要起飛。他的手掌像一隻在氣流中游動的魚，靈動地擺著手指的鰭逆流而去。當我放開他的腰，風如一隻敏捷的小狗竄入懷中，我感覺到它在我的指縫裡流竄，用各種動物奔跑的姿態：水獺、黃鼠狼、山羊，有時是光滑的身軀，有時是一簇簇的硬毛；我被它牽動著，它知道自己要往哪裡去。我必須學會駕馭它。手臂上刺刺麻麻的，汗毛敏感的豎起來。我想像風在我的每一個毛孔裡面逃亡，並且引爆一個小氣泡。

布朗在前頭像瘋子一樣開心地大喊，所有的聲音都被拋得很遠，聽不清楚。後來我漸漸聽出他正在喊：我是最棒的。好像一句小時候常用的咒語。我學著喊，而且越喊越起勁，最後幾乎是吼叫著把每個字用力擲出去——就是那個時刻，我發現我能夠控制氣流，讓它在我的手上變成各種形狀；就在那個時刻，我感覺布朗的每一次叫喚都是在叫我的名字。

不知不覺，就要到家了。布朗跟我說，以前爸爸載全家出門，他們會在空曠的大路搖下車窗，爸爸教他控制氣流，全家一起大聲喊叫，就像現在他教我的一樣。我知道布朗的爸爸在他國小時過世了。這是我很後來才從別的朋友口中知道的事情，布朗有意瞞我。這時他跟我講話，語氣透著私密的脆弱還有回憶童年時一種困惑的溫柔。我們不再說話。氣溫仍在下滑。我逐漸意識到手腳的僵硬痠痛。布朗和我已經筋疲力竭。就在要進入市區時，從火化廠的方向開始起霧了。我們沒入濕冷的霧中，朝家的方向騎去。

角鴞

前頭的光束忽然靜止了，我的眼睛順著它往上爬，它搭在電線桿上頭，多出來的部分被折斷。在高處，電線杆突出的邊緣，一尊泥塑的小神像被放在上頭，五官模糊，漆色凋零，在陰影裡躲著。一對油黃色的眼睛打開，直直看了過來。

那是今天的第一隻角鴞。在夜裡，或者是在手電筒外的黑暗中，牠不斷地縮小身體，一會兒變成線團，一會兒變成夾帶羽毛的髒鳥巢。然後牠一動也不動，成一尊木木的神像。我想起布朗的家鄉。那裡平原大，路長而且寂寞，十字路口常有神像獨立，電線桿貼南無阿彌陀佛佛號。或許是因為沒有信仰，夜裡騎車，車燈猝然照到神像，我心裡總感到恐懼。布朗說，這些路車速快，常有事故發生，鄉里的人才在交叉口安了神像。往前騎去，我忍不住回頭確認祂是否還在原地，帶著微笑沒入罕有人煙的荒野。我們毫無防備，牠張開翅膀，向山裡飛去。

張大哥對我們說，近幾年要早些去看了。夜還不深的時候，牠們會躲在平地的樹裡面叫；再晚，遊客全跑出來了——叫醒手電筒，要它們睜大獨眼，嗅聞角鴞的氣味。牠們於是往山裡飛，找一棵樹停下來，等到被找到，再往更深的山裡飛。

張大哥和阿鐵騎一台破舊機車，布朗和我跟在後面。張大哥一手拿手電筒，一手控制方向，慢慢地在環島的小路上漂移。老機車則不斷發出鬆脫零件的碰撞聲。阿鐵拿著LED手電筒向路旁照著，像是下了某個決心，非得要贏的小孩。我對阿鐵感到一絲歉疚。張大哥與阿鐵有時交談，但大部分時刻，他們各自向道路兩旁來回巡視。

布朗把他的手電筒給我，要我舉在與視線平行的地方：這樣我也有了會發光的眼睛，只要山裡有動物的眼睛反光，我馬上能察覺。我們把我分配到的手電筒收起來，它又舊又笨重，像隻大鐵棍，照出來的光渙散黃濁如老人的視線，遠不如LED的白光銳利。張大哥說，當年這可是日本進口最流行的款式，他們把它用塑膠袋包起來，在夜裡潛下海抓龍蝦（那在還沒有手電筒時，他們怎麼抓龍蝦？）

很快我就放棄了。布朗的眼睛很利，幾乎同山裡夜行的動物一般，透過我手電筒邊緣暈開的光線，他總是搶先一步發現目標。每有新發現時，布朗都保持著謙遜，因為看出自己的不凡所以更加刻意隱藏它。儘管如此，我還是關掉了手電筒，預防自己受傷。答地一聲，只剩車頭的燈，我因好勝而僵硬的表情就被完好的隱藏起來了。就算是布朗——或許正因為是他——我們之間存在著無形的競爭關係。和阿鐵反而不是這樣。我們安靜的相處，像兩棵樹各自生長，不互相打擾，卻也走不開。至少在布朗對阿鐵生疑之前是這樣的。

布朗專心騎車暫時沒有理會我。在機車的速度裡，海風同海水清澈冰涼，卻不感覺冷。我仰著頭。星星形狀清晰，連邊緣也不沾染夜空的色彩。但星光卻是液態的，順著冰涼的空氣澆灌我的全身，四肢都起了雞皮疙瘩。看這樣的星空，幾乎使人失去重心，跌進深不見底的宇宙。恐懼和孤獨到底就是幸福了。游進深水，茫茫地懸浮在無聲的世界，有類似的感覺。我看到遠方阿鐵機車上小小的身形也在做同樣的動作。這次到島上來，我還沒跟他單獨說過話。

張大哥要我們停車。馬路邊樹林有個缺口，似乎有踩踏的痕跡。他要帶我們看棋盤腳。我們順著路徑往黑暗的樹林裡走，很快就看到一小片空地，濃密的枝葉幾乎把天空遮蔽住了。幾棵只能仰視的大棋盤腳樹圍繞我們。張大哥做了些介紹，最後裝作不經意地跟我們說，他們（族人）不喜歡來這裡。這裡是他們埋葬因病死去的親友的地方。布朗不說話。阿鐵在小泥巴空地繞了一圈。他在找墳塚特徵的土堆。什麼都沒有，也沒有人的痕跡。張大哥站定在一旁，幫我們舉手電筒照明，說，棋盤腳只在夜裡開花，是惡靈的樹。我們抬頭看棋盤腳的花。在黑暗的恐懼中，死亡竟然是白色的。海葵般的花穗張開，柔軟地在夜間顫巍巍地探觸，彷彿有自己的呼吸。那些迅速長長的脆弱手指變化著難解的手勢。在我們的頭上，竟開了一樹的白花。一個一個在樹葉間安坐，算不準何時會落下來。我們沿原路離開。

（他們明明都知道，為什麼還能若無其事的帶領遊客，在入夜的島嶼遊走，提燈索尋那些故意遺失在樹林裡的東西？）

由張大哥在前頭領路，我們不斷地往夜的深處挖掘。聽到微微冒汗的手裡，虛弱的光的鑿子敲在岩壁上所引發的回音，一下心底一個震顫。我們再度停下，魚貫鑽入盤根錯節的紅樹林。梳子般的、分不清的根與枝幹，搭構起數不清或虛或實的洞穴。張大哥不說，連阿鐵與布朗都消失不見了，他們都分頭四處搜索某個他們還不知道甚至沒有預期的東西。我只聽得到一些時遠時近、腐葉般的腳步聲，看到一些手電筒的光穿越枝葉的細縫，疏密不一。

阿鐵說，看。我找到他，然後是布朗。樹根上有一枚花紋細緻貝殼。我瞧不出端倪，正要伸手拾起，貝殼長出兩排細小的腳。它迅速爬向我，神經質地煞住，然後順著樹根溜進黑暗中。是寄居蟹。另外又有兩三隻，有一整列的寄居蟹在爬。突然間，我們這才發現，四周地上樹上都掛滿爬滿了寄居蟹。背著不同種類的殼，牠們像截然不同的生物，像即將登上方舟、沒有相關聯的野獸，更像化妝舞會的賓客——私下串通扮演任何不是自我的模樣，卻不小心露出同樣發白的腳。我不喜歡寄居蟹，牠們讓我想到避債蛾——那偽裝成灰塵棉絮的生物。躲在衣櫥不見天日的角落，突然間伸出頭來；就像玩捉迷藏時，人們猶豫著，好不容易認定安全的轉角，就在正要移開視線時，冷不防地探出一張鬼臉。

但張大哥不只要給我們看寄居蟹爬樹，他要找更赤裸坦白的事件。阿鐵好奇發問，並自告奮勇要一起幫忙尋找。大哥說，要找的是揹養樂多罐的寄居蟹啊。之前也曾有過瓶蓋、其他更小的塑膠碎屑的例子。我想著我們的目標物——那個流動馬戲團具有意想不到肢體的畸形藝人——想著他們本身的悲劇與觀賞者們同時經驗的刺激與悲哀：乳白色半透的塑膠瓶，上頭印有紅色綠色的文字；它正躲在裡面，躲在已經寫好的、不為了它設計卻強迫收下的命裡面。我們找得並不起勁，就連想衝第一的阿鐵也意興闌珊。但整片寄居蟹的爬行卻沒有停止，起落如不遠的潮聲。那些花紋、大小、年代近遠不一的墓碑，都在夜裡移動，每一個底下都有一具化成白骨的骷髏，揹著自己的墓碑，盲目、重複地尋找容身之處。大哥大多時候是木然的，但談論起那些奇特的死亡，他忽然狡黠得像個盜墓賊。我們沒有找到那揹養樂多瓶的寄居蟹。

布朗反常地笑起來，失控興奮地抱著我耍鬧，一開始我覺得好玩，但漸漸玩得有點累，邊笑邊喘著說：「你……你是人來瘋嗎？」

「你說什麼？」

布朗突然靜了下來，轉過身背對我，一動也不動。然後我也意識到自己說錯話。我們兩人待在剛剛搬進來的房子裡，房間內散著大小紙箱，地板上高高低低堆滿雜物。安全帽被扔在床角，時鐘平躺著還沒掛上。布朗在樓下停車時，我打開房門，草草擦一下床墊上的灰塵。街上起霧後變得很冷。

我伸手想環抱他，布朗發出很小、彷彿從身體深處傳來的聲音：「先不要動我。」於是我們並排側躺在床上，不說話，像兩隻側身沉在魚缸底的蝦子。

我想起很久以前布朗租過的房子。上百戶的社區式大樓建築，每棟都是一個模樣。據說這裡有不少住戶，但就連白天，社區也是靜悄悄的，少有人氣，就算遇到了也是陌生的面孔。中庭花園裡水量微弱的噴水池，馬賽克磚髒兮兮的，有個小孩想去玩水，被母親拉走了。旁邊半圓形的玻璃罩子，附著了黃綠的苔蘚，我擦掉一些望進去，底下有一座沒放水的廢棄游泳池。照理來說，社區裡是充滿監視錄影器的，它們像一隻一隻的貓頭鷹，無聲息地站在高處。但究竟是誰，真的有人在看這些錄影畫面？布朗熟悉某些監視器的位置，某些時刻他就消失了。讓人最不安的是地下室。布朗的車位在地下三樓。布朗在裡面彎來拐去，停進屬於他小小的數字格子中。他第一次自己騎時差點迷路。布朗從沒騎過別的路線，所以也不知道地下室究竟有多大。地下瀰漫著刺鼻惡臭，到處都是一模一樣卻沒有編號的電梯與逃生門。數不清作用不明的梁柱，讓人無法看出前方的深度。

房裡牆邊高高的那扇半透明玻璃，讓我想到那些柱子。那柱子或玻璃後不完全的黑暗，讓人心裡發毛。我下床拆箱子，灰塵讓布朗打了好大的噴嚏。我把紙箱用刀片裁出一塊剛好可以擋住窗子的紙板。這時布朗已經好多了，他抱住我並且把頭埋在我的胸口。

我知道布朗不想讓我擔心，所以沒對我說什麼。我知道他的狀況，而且我注意到他把銀戒指戴起來了。我問他剛剛一個人躺著時在想什麼。布朗說：「希望我能保護你。」過了一陣子，他說：「明天我們去拜拜好嗎？」我說好。我抱他躺著卻睡不著，我們聊起島上的夜晚，聊起他的天鐵。天鐵放在租屋處沒帶在身上。我們聊起他平埔族巫師的外曾祖母。我們也提到阿鐵，但布朗說話已經開始含糊了，我躺到天亮時才入睡。

張大哥走遠了。我前面是阿鐵，布朗殿後。或許是因為他的敏感，布朗表面堅強，心底是最最膽小的。一點點的風吹草動都使他焦慮。但他堅持要走在最後頭。

我們開始往山裡走，兩旁都是芋頭田。我看到阿鐵分心了，不斷檢查自己的手機訊息。其實我知道他在找什麼。我假裝沒看到。我追上去問他還好嗎，他說有些睏了。布朗讓我們在前頭並排說話，沒有跟上來加入。直到星空都被樹冠掩蔽，我們知道我們離最後的目標近了。

大家都為了角鴞來。當我們走進山裡，整座山高高低低站了一隊又一隊的遊客——搜索的光柱標出他們山裡的位置。張大哥與別的領隊路上相遇時用母語高談今天的斬獲。各種表情的談話聲，焦急的等待，驚喜的歡呼，在我們的四面八方竄動，像是一場瘋狂的慶典將要展開。

然後，一隻角鴞醒來了，再來是第二隻，所有的角鴞用被日光石化的羽毛呼吸，感覺四周的變化。牠們帶著惡靈一起醒來，一起在山裡發出鳴叫，唱死亡的調子，被唱到名字的人就要倒楣。牠們盤桓在棋盤腳樹梢，在榕樹的枝枒間，惡靈的小孩盪在氣根造的搖籃中。我的眼力差，常常找不到布朗所指出的角鴞，只在一堆朦朧的樹影之間來回移動。布朗移開手電筒，我卻看到一隻角鴞，離我遠遠的，彷彿知道只有我能看得到牠。牠低低看下來，我感到莫名慚愧。

光打擾了清醒的黑暗遊樂場，把角鴞逼回白色的夢境中。牠們夜夜要受這樣的審判與質問嗎？那些無數來了又去的遊客，快速輪替著，好像沒有誰有選擇權，而且只能在夜深時出場，怕被看見。我腦中閃過阿鐵被發現時一瞬間慌張的神色。又淺又薄黑紫色的山，滿是疼痛的光的小傷口，被劃開的同時，一些蚊蟲與鳥像血似的溢出來。我感到哀傷。在我黑暗的夢境裡，我和布朗，也會這樣被手電筒一吋一吋的檢視嗎？被那些在強光後看不見的臉，檢視我們的四肢，我們被照射而睜不開的雙眼，因興奮而發紅發燙的胸口？這時阿鐵會站在哪裡？不知道為什麼，我特別想知道答案。從他開始心不在焉，鬼鬼祟祟的守著手機，我們之間不曾擁有的祕密就開始長成了一顆果實。

是什麼讓我們覺得自己邪惡？我沮喪了起來，也為那些鳥兒以及牠們弱小的惡靈感到難過。於是我們與其他遊人悄悄脫隊，離開這殘忍的慶典。當我們挫敗地踏上歸途，不自覺時周遭一點人聲光線都沒有了。阿鐵和布朗一前一後的走著，我看著阿鐵的腳步，時時注意布朗是否有跟上來。布朗透過我知道前面的情況。我知道他對阿鐵還是有些偏見。他並不能理解阿鐵和我對於彼此的重要性。阿鐵刻意疏遠我，讓布朗安心，卻荒腔走板被自己的孤獨感占領了。布朗知道自己占了上風，對阿鐵也就柔軟起來。就要回去了，這該是最後一次夜遊。路程上的所有的小細節，蕨類的複葉，藤蔓的纏繞，都顯得深刻起來。我看到阿鐵拿著手電筒四處搜索。阿鐵這時不會回頭照應我的。我常覺得我們平時也是用這樣的隊形走著。我知道布朗，也知道阿鐵的傷口在哪裡。

整條被枯葉覆蓋的瘦長小道彎彎曲曲，我們一行四人移動著，安靜地像一隻害羞的蛇。突然，碰地一聲，有東西掉落在後頭。我們停下來聽周遭的動靜。什麼徵兆都沒有。大概是棋盤腳的落果。這時我和布朗離阿鐵和張大哥有些距離，我隱約聽見阿鐵問，山裡最大的動物是什麼？張大哥回答說，白鼻心，惡靈的豬。我回頭對布朗說，是惡靈的豬。「不要重複。」布朗顯得很焦慮。後方再次有東西重重的摔落，距離更近了。我要布朗走在我前頭，他被嚇壞了。但他拒絕我的提議。他果斷的堅持讓我更害怕，就怕一回頭，發現他被後方的黑暗拉住腳吃掉了。我給他比較亮的手電筒，這次他沒有拒絕。我們兩人一同朝阿鐵的方向去，一路上，後方不斷傳出摔落的聲音，越來越近，越來越密集。但我們沒有停下回頭。我可以看到阿鐵手電筒的光，卻似乎永遠追不上。一瞬間，我覺得世界上只剩下我和布朗在黑夜裡遊蕩，並試圖找出出路。布朗在我身後踩著乾樹枝的聲音，讓我感到明確而踏實。在我們不注意的時候，滿山的角鴞叫聲已經完全消失了。

丈量

順著人潮，他們推擠到小小的港邊，仍感到一浮一沉。灰堤防圈出一小池平緩水域，熱帶魚在腳邊眼眶般清澈的水中打轉。遊人焦慮鮮豔，籠門一打開，前仆後繼向四方飛去，如節慶施放白鴿。異地毛色很快落定於原生林中，海綿吸水似的。轉瞬間只剩阿鐵還在原地，在大太陽下立竿見影。

——阿鐵，既然我們都到了，至少也走過一遭吧，尼克打算這麼跟阿鐵說。

港口邊好幾排待租的機車，都是半舊不新，金屬車殼像曝曬太久太陽的貝類般發白，失去銳利的光澤。幾朵小陽傘下是租車的商人，布朗已經早一步去商議價錢了。尼克和阿鐵都有顧忌：他們不會騎車。尼克感覺蒼白清瘦的阿鐵竟想逆光躲進自己的陰影，融進地面去。事實是他現在正緊緊抿著嘴唇，惡狠狠地瞪著這一切。

阿鐵瞪著地面，瞪著那個怨恨著尼克的自己。這怎麼可能——是個圈套？一場所費不貲的華麗惡作劇，由這兩個傢伙（一個碰過他的，一個恨過他的）精心設局，只為了看「在善意中，人如何找到施力點怨恨」；又或者這是另一種遙遠的繩圈，溫柔地在他的頸後扣上項鍊：阿鐵，又一隻被馴化的動物，一項受標記的「情感資產」……繩子一動，提示逃跑的跡象，他不過是為了動搖、鞏固布朗與尼克的關係而被接納，卻心生不滿的寵物？

以前出遠門，阿鐵和布朗輪流開車，駕駛與副駕駛座上交換。尼克總在昏睡間，幸福困倦地從後照鏡裡看他們的眼睛。可是情況不一樣，沒有汽車，他們還得做出抉擇。（兩人三腳如何移動？誰先跨出去，誰綁在一起，重點是，誰發號施令？）

出發前就知道了。所有問題都能總結一個問題：他們打算如何移動，如何丈量土地？

回到困境現場。

尼克猜想，布朗是刻意逃開的。他心裡揣度，待會該是讓布朗載阿鐵，自己隨後跟上。尼克幾乎能肯定自己在他們揚塵而去時，不起不平衡的塵埃。傷腦筋的是對於自己會不會掉到海裡，尼克只有一半把握。他想，至少還有一半好端端的，能笑嘻嘻地去會合，通知阿鐵和布朗幫他打撈另一半機率的身體。可是阿鐵一定知道，布朗是想載尼克的，這又更傷腦筋些——寧可他粗枝大葉，不當他們算回事。這又怎麼可能：阿鐵是衝著尼克來的。

阿鐵錨一般定在原地，陽光洪流正經過他。

尼克不是沒有打算過，一趟祕密假期能神祕解開阿鐵對布朗的疑慮（或相反）。當布朗看出他的意思，恨恨地說，你是他最好的朋友，我不是。這些都是私下的話。也不用囑咐，布朗就走去拉阿鐵，笑著說，我們先走，看他要正著騎還是反著騎！阿鐵不搭理布朗玩笑——天氣很好，我也想試試呢，說罷去看車。可是車都是一個樣的。尼克和布朗尷尬留在傘下，臉上一塊紅一塊藍都是傘的影子。他們不約而同在心中重播阿鐵從不騎車的原則。他們都怕那些鐵的原則：即便出動詭論歪理都要捍衛它。或許又有點不同。尼克怕的是鐵的部分，布朗怕的是詭論歪理。

租車的小哥聽說他們沒駕照，不敢租了。結果布朗租了機車，阿鐵和尼克都感到強烈的挫敗感。一同等民宿的張大哥開車來載，尼克向租車小哥問，這些車晚上都回去哪裡呢？

還能去哪裡，就在這裡給海風吹啊。有年颱風還被浪捲走了一整排呢。

——喔，難怪租金這麼高！然後他們都說，是因為太貴，不願意租兩台，小哥連忙配合演出，有一瞬間他們自己都相信了。

不遠處，歷經風霜的紫紅廂型車從海底浮上來，一個黝黑中年男人朝他們揮手，想必就是張大哥了。阿鐵頭也不回地鑽進副駕駛座，似乎再也無法忍受暴露在明亮的水域，蜿蜒地縮進幽暗縫隙中。同車的還有當天落腳同家民宿的兩對親子組合。

車子一顛一跛囚車般開動了。尼克和布朗對停滿一身有爪子的太陽感到十分愧疚。但就在機車飛也似拔地而起的瞬間，一陣假期式的強風吹起另一股心思：一種贏家的罪惡感與幸福——。

拋在身後那剩餘幾排待租的機車，在灰水泥平台上維持堅毅固執的表情，望向遠方的大島。這是金屬交通時代的遺跡，有時甚至錯覺，早於人類，它們就已經站在這裡。它們一群陸生動物，擺出起跑姿勢，日日夜夜凝視絕緣的大海。可是一年颱風時，其中一排被永遠搬運到海裡了。

當門帶上，這裡就成了一間密室，只有在門窗的邊緣有幾道光的刮痕畫在外殼上，重複提示封鎖的現況。這是間扁平的通鋪，比預定的多出了兩三個床位，他如一張唱片平躺在中央，收在盒子裡保持緘默。阿鐵大可想像自己根本沒有來到這個島上，於是他可以不受打擾地享受當兵前的最後假期。他可以出門但多半會留在家裡，剛剃了頭髮，他不想要被別人看到，可是他萬萬沒料到自己非常喜歡觸碰那些收割後留下的短麥稈——原來頭髮可以像沙一般堅硬——這似乎具體化了某部分不被認識的自己，又像正在探索一個不請自來的陌生人。

他無法每一刻都把焦點放在自己的頭髮上。在自己的床上，他反而會更加想念尼克，更精確的來說，尼克的聲音。阿鐵不禁佩服尼克的狡猾，比起見面，透過電話使聲音在場，將特定的音頻，偷天換日列在腦的皺摺上，再等待那些被禁止出現的時刻——比如說，現在，或者把門反鎖的時候——理所當然的現形。把手機放在枕頭邊，尼克就是那隻睡在他床底下的怪獸，隔著一張床板，阿鐵透過傾聽去了解另外一面的床：他想像尼克伏在上面，黑色的眼珠在河床表面滾動著——翻了過來，自己這邊才是地下溶洞嗎，可是尼克的笑聲又像是伏流，溫柔而暴烈。阿鐵知道自己無法掀開，因為他不確定掀開的時候會看見什麼。會看見尼克一臉驚訝卻又自信的站直身體？還是空無一物？還是……他會看到另外一個自己，一個被綁架的小孩，模仿尼克的聲音撥打電話給躺在床上的他？

難道在家裡真的會比較好過？阿鐵心想，尼克當初送來邀請的包裹裡面是裝著炸彈的，無論收件人要不要拆封，都無法阻止那個固定時間爆炸的決定。他怨恨尼克占了上風，妒忌他是那個獲得比較多營養的那個孿生子。即使尼克不會反對他們是勢均力敵的對手與同夥，可是他仍占先掌握了發球權：那個邀請。（你已經夠大了，不該再冒這樣的險，阿鐵心想，幾乎不敢相信自己親口作出承諾）可是他有什麼選擇呢？這個房間和那個房間沒有差別，他都要隔著床板，卻被迫參與尼克與布朗的一切……。

阿鐵平躺在中央，把自己塞入被子裡，一個滯留的包裹。他覺得自己動彈不得，而且他知道尼克與布朗回來後，情形可能更糟，他會顯得比現在更笨拙僵硬。尼克會想：一塊不能轉動順利唱出歌的唱片。布朗會想：一個不能轉動而前進的輪胎。阿鐵突然想到：這裡會多出床位的事尼克知情嗎，張大哥在他確認訂房時和他提過嗎？

或許他應該不想這些只管好好睡一覺。醒來時尼克和布朗就會做完環島勘查，並帶回午餐。事實上，留守是他自己的選擇——他有選擇的空間嗎？因為是尼克（不得不承認，因為是布朗），他有。可是當他跨上機車後座，他能擺脫掉尼克的影子，以自己的身分面對布朗，還是只是取代尼克的位置，讓自己產生移動的幻覺？

他清楚知道，他和布朗會不約而同的想起上一次——也是唯一一次，他隻身南下拜訪布朗，布朗騎車載他繞了墾丁一圈，並在不同的點拍照，傳給尼克，他確定看起來都是非常美好的。他清楚記得尼克當晚還為此有些鬱悶。阿鐵回想那幾張相片的樣子，阿鐵不禁有點不確定……當時他和布朗到底有沒有發生關聯，有一段（即使微不足道）他們獨有的情感；還是自頭至尾，尼克都是他們唯一的聯繫……

不過話說回來，布朗會怎麼看待這段記憶，難堪，嫌惡——載了一個不誠實的隱形炸彈？

阿鐵在黑暗裡平躺，他的身體成為了這座島的本體（漂浮在二樓，在張大哥的頭頂正上方），海浪輕觸他的輪廓邊緣，他的腳趾感受到那排被颱風吹至海底的機車在海面下孤獨的發動又熄火，他知道尼克正緊緊抓住布朗，尼克不知道自己被深深的凝視著，阿鐵渾身發燙，尼克和布朗飛快的騎過軍艦岩、雙獅岩、玉女岩、五孔洞，經過他身體的每一個部位——毫無前兆，法力失效了，阿鐵跌回黑暗的盒子裡，一張唱片，他們的機車如尖銳的唱針繼續劃過他的身體。

阿鐵沒料到的是，現在布朗抓著機車兩側，尼克抓著機車龍頭，沒有誰抱著誰。他們就像無意間被勾連住的兩個部分，內裡剎車皮磨擦，彼此遲滯難行，外在卻充滿活力、魯莽地在沒有標向的小路橫衝直撞。布朗手腳僵硬萎縮把自己變成纏繞著陰鬱蛛網的甲蟲屍體，遠遠地拖曳在機車後方，好像是沾黏在輪子上的一件異物。其實他們更像是一對交配後對彼此失去熱情的狗，背對背一時卻無法分開——

只是他們都不願意這樣想。

在冗長的籌畫期，他們從空白的行事曆中圈出一個島嶼的形狀，它以一個「全體」轟然海底舉至半空，尼克（有時是布朗或是阿鐵）可以用不對等的時間——比如說，幾分鐘，透過窄窄的望遠鏡觀測另一端以幾天做為單位的假期，躲在紙面底下如一匹沉穩呼吸的野獸；尼克在過去的時間裡，隨機寫下的幾個鉛筆記號，投影到未來可能會是它強壯的後腿肌，也可能會被追憶成好幾頁缺漏錯位的化石。他們可能都曾躺在床上睡不著覺：在廣袤的雪地裡，被圈出來的那塊讓他們更真切的感受到「未來」的長相。尼克現在還不知道，阿鐵和布朗就在這一點上有了分別。

船底有一隻鉤子一吋吋拉動海的桌巾，不斷地將現實從遠方拉過來，在那之前，尼克的腦海中已經造了好幾次島，雛形則是網路上的各種鳥瞰地圖：漂在淺薄藍色顏料中的葉子；海深邃的空間和山的高度都使他驚愕：那塊置放在深水中墨綠色的長方形箱子，極少量的人或車在垂直的面上螞蟻一般移動——這是不可能的，可是他在那圈窄仄的環形小路上就有這樣的感覺：他們始終被排除在邊緣，不可能進入到箱子的內部，山體深處幽暗的核心。更令尼克困惑不已的是，當他們全體一起離開它，回到各自的城裡生活（阿鐵回到北部預備當兵，尼克與布朗則前往南部開始暑期打工），它又再度拆開攤平成紙張，甚至沒有任何一張照片能幫助尼克重新建立起山、高聳海蝕柱立體的模樣。這隱含了某種憂傷：尼克不可能找到方法去丈量已經消逝的空間。

一登島，布朗騎車順在張大哥的後面，一隻銀針將島的北岸隙車了起來。在張大哥的地方卸了行李，他們（包含阿鐵）協議用機車四處做個基本探勘，順便帶午餐回來。還是同一個移動的問題。真正負責「移動」的當然還是唯一擁有駕照的布朗，可是他們都沒想到布朗，他們在想，真正在黑暗中發亮飄忽的核心是阿鐵。當尼克跨上機車後座時，布朗以為，他們把行李和阿鐵在張大哥的地方卸下來了，可是心中又浮現一陣煩悶。

他們往南畫半圓以完成第一次環島。如果尼克不要介入，由布朗來，事情或許就簡單許多。沒有人越界，也不會有人感覺被侵犯。是布朗首先提出交換駕駛的想法。

沒有人會認為異想天開。真實的交通、過剩的車流與行人已經被踢在外頭，這裡很單純——只有路（如果他們自動消去那些過馬路的動物）……它環形封鎖，沒有起點與終點。沒有號誌。他們都記得張大哥半開玩笑說，這裡的紅綠燈是羊，發現牠們站在路邊就要當心了。他們等於被丟到了一座擬真的駕駛練習場。

尼克不反對，只有很少的事他會反對布朗，而嘗試騎車不算其中一件。布朗一手穩住把手，等尼克抓穩了才鬆開，他們小心翼翼的交換位置，像是跨越彼此繼續走向蹺蹺板的兩邊。布朗用幾句話交給尼克那些身體上的按鈕，然後讓他在稍微空曠的地方跑幾圈。布朗在一旁輕輕呼叫著，鼓勵那隻由尼克剛剛變形完成的小生物；聽人說，小馬出生幾個小時就會又跑又跳的呢。

若只是看尼克騎，布朗樂極了，可是當他轉換成乘客，無法置身事外時，完全是另外一回事。原先他興高采烈地爬上這部新穎的遊樂器材，等待啟動的鈴聲響起；而尼克催下油門的那刻，他的眼睛瞎了。隨即他發覺自己發不出聲音。他的雙腳還有知覺的，他知道自己正不由自主地奮力奔跑。就好像靈魂被放倒了，所有的指令都來自貼近地表的部分……一個連結的貨櫃，雖然完整併入卻不免失去了一些，只有身體……布朗抬頭張望，以為自己被蓋在一張透出微光布滿血管的皮膚下面，仔細一看，才發現這是一張線頭交錯、織錦布匹的背面，把他身體如小包袱裹住只露出雙腳，嚴格來說，這個位置叫做獅尾。

他不知道自己正闖入尼克的記憶之中，參加舞獅隊的國小的尼克。外頭打起鼓，他仔細聽，他知道腳要準確地踏在鼓面，才能頓挫在點上；臉上爬滿汗珠，悶熱無比，像那些倒楣裝在更裡面的俄羅斯娃娃一般想要尖叫，可是他的命（他誇張了，只是他現在被指派的角色）是長了腳的禮物，被擲來擲去的繡球。他突然發現身前的那人是尼克。他們並沒有完整交換過來，布朗被裝在一個第三者的身體裡——他失落地想，這不是尼克的記憶，而是尼克所沒有的記憶：一個永遠無法被尼克了解的位置。此時國小的尼克也在聽鼓的提示，這是他第一次真正舉起獅頭，而不是練習時那套殘缺舞蹈一般的空動作。這並不是使他熱血沸騰校慶表演上看到的活獅子，甚至他也沒有遇到那些令他嫉妒，獲得滿堂喝采，在一旁卸下獅身大汗淋漓卻得意非凡的傢伙。什麼都沒有。在穿戴上那身戲服的時候，上面並沒有神，獅頭是一個破舊的籃子，一張布，還有他自己。……可是不該只有他自己，尼克仔細回想他的搭檔是誰，姓名、長相、是男、是女，一點也想不起來。如果暗中偷換，他也不會知道，那佝僂著背的不出聲的是布朗，尼克會驚訝卻無法否認。是了……他可能用了相反的方法讓他記住、沒記住——尼克獅子前腳從來沒有和後腳絆到過。那雙從不出錯的腳。

載上布朗而車子啟動那刻，尼克想到的是為何他從來沒想過要騎機車。跟該長長的脖子和該萎縮的翅膀一樣，尼克想，動物也不需要費腦筋（或也無益於）做決定，用進廢退說在這裡倒是有點道理的。自小成長在交通便捷的城裡，尼克熟知移動的竅門：捷運、公車，那些不靠附載者的意志移動的載具。機車是一個幾近多餘的發明，接近盲腸，或是頭髮。

當布朗問起為何不學機車時，尼克向他解釋，機車並不是理想的代步工具。當機車是不必要的代步工具時，尼克學會機車這件事，對布朗來說就別有意義了：這項移動技術只為一個乘客而存在。尼克也相信是這樣的理由，使得布朗提出換手的要求。

可是尼克和布朗沒有如預期般被包裹在甜蜜的假設之中。在完成了一半的路程後——經過野銀部落、象鼻岩、青青草原、八代灣——尼克終於忍不住回身向後面不願碰觸他、如幽靈般沒有體重的布朗說，換你騎，要不然大家都不開心。布朗不知道，尼克所指的大家包含了阿鐵。他可不想要回返時讓阿鐵看到他們吵架了。布朗不應聲，一動也不動，像一顆全新的備胎那樣驕傲。尼克知道自己就是那顆現役的癟輪胎。

尼克在路旁停車，讓安全帽坐在布朗旁邊，去外帶午餐。回返時，一架飛機在機車旁如一個巨大的十字轟然降落。過了許久都不見人出來——彷彿再現了一次那些無主機車的故事。浸泡在水色的空氣中，鳥身的外形裡藏了許多分不清是旅人還是歸人的臉孔，被移動到這裡了。如果用鳥瞰地圖去表示，這架飛機大概會呈現一個如同藏寶地點的X。無論歸人旅人什麼人都被減省不計，就像根本不存在一般。布朗似乎被這一幕打動了，蹬下來，跑到路的另一側，跑道邊紅白相間的柵欄上，看著飛機發呆。尼克提著一塑膠袋大滷麵，到布朗的身邊陪他看。

飛機則讓尼克想起了另一件事。他事前查到的腳踏車租借點就在附近。他和布朗說，或許明天可以帶阿鐵來借車。布朗終於鑽出硬殼，露出笑容——對啊，怎麼沒想到——彷彿這是他和尼克冷漠相對的肇因。他們走回機車，發動，沒再說話——卻自動交換了回來。

可是問題根本不在阿鐵身上，他們清楚曉得。在剛剛的試驗中，尼克和布朗各自都了解了一些事。即使布朗渴望讓尼克載，那也是心理上的，甚至是抽象的；而無關尼克的是，布朗並不喜歡當一個乘客，他無法享受移動時可以恣意欣賞兩旁風景的特權。而另外一種不應該被重疊的情感是，他喜歡騎車——能載尼克當然更好。在行進過程中，布朗不斷瑣碎糾正尼克的缺失，尼克心神不寧，更是顯露破綻。尼克初學，願意接受任何指點，可是由於對方是布朗，使他難以忍受。

他們猜想自己應該不會向對方坦白。而且也沒有必要，他們的目標非常明確：替阿鐵還有他們自己帶回午餐。阿鐵，他們環島探勘隱形的中心，他們的機車儘管快速移動，卻哪裡也去不了——有一條細細的魚線勾連著，阿鐵緊咬著餌緊咬著魚鉤不放。

這兩個看來幸福洋溢的人和一袋食物坐在椅子上飛快地移動著——

可是，黑色與白色的羊站在山崖的上面，讓他們心頭一驚，突然記得一路上所忽略的「停」與「走」的指示。他們一直都在山崖上。

此時布朗載著尼克來到最後一段，接合線成為圓的最遠的地方，他們最後認識的村落——就緊緊的咬在熟悉的碼頭邊。可是對這時的尼克和布朗來說，這個簡單的事實幾乎是一場偉大的魔術。

乒一聲

乒一聲，黑暗中我和其他什麼一起離心摔出來。夢中困難的樓梯已悄悄縮回，一時無法關掉不自主掙扎的手腳和由於激烈運動而濕透全身的汗。當意識再次注入身體——剛破繭，翅膀逐漸由皺縮而挺立——，我起身開燈，隨即又有東西因為我擴張的身軀擠壓破裂。等一切大白見光：原來我遠端失敗的攀登，掃平了現實中床邊堆成巍巍小塔的雜物。然後，我看到它無辜受難一息尚存在地板上不動，此時單薄脆硬的臉上，已經留下一道誰都難以忽視的傷痕，一張CD，啊，是了……這是一直沒能送出的阿鐵的生日禮物。今年（但將要成為去年）的，這麼新，甚至從頭只留下了我的指紋，只被我一個人默默地了解，這麼像一個身分不明的私生子，終身帶著外人（甚至自己也）無法穿透的尷尬。

另外也一同失敗的還有一本艾莉絲．孟若舊版《感情遊戲》（一來我較喜歡這個譯名，二來當它——少女孟若？老太太孟若？——躺在成群泛黃的回頭書中，自持得令人無法忍受，我收到這被拯救之必要）。至於為什麼是孟若（當然因為她寫得極好），為什麼是《感情遊戲》，為什麼是阿鐵，我自己也弄不清頭緒。入手這素樸到令人羞赧的，彷彿表示——我，只有完整的我——這樣一本舊版（絕版？）書，標籤都讓我用吹風機燙過後小心撕下，阿鐵的手和他的指紋開始緩慢試探，封套它，使它成為他的（於是它就不再是我的）；停留在某個標籤曾經存在的地方，懷疑它仍有幾絲沾黏的吸力，也懷疑自己錯覺受制於一張幻想的祝福和符咒；他必須回到他尚未搬離的小房間裡拆開，這樣他才能獨自發熱生鏽，這樣我才能同時在場與不在場（禮物們都是我的受器），他知道他受不起，再一次真身相見就要斷裂——回到那一刻：他會立刻明白我，就像我所期待，而他曾經一次又一次的做到的一樣；還是誤讀它，讓歧異滋長，以為我看輕、敷衍、貶值過去的情誼，用泛黃薄紙輕易割碎，用「回頭」，用一樁曾經失敗而嘗試彌補的買賣行為？

我相信CD的部分會好讀多了，更何況，它多像是一張封得好好、不透一絲語氣的信。看著它正臉朝下的事發現場，我忍不住想：是我推它下去的還是它自己跳下去的？然後從比大樓更高的半空伸出神的一隻手，拎起它，讓它回到應有的高度。我用手指不斷反覆摸著它臉上的那道傷痕，那橫亙在兩個真實之間的現實，那飛蚊症，那永遠擦不乾淨的玻璃，一個無可奈何的隕石坑，我反覆摸著彷彿誤以為自己的手指有治癒能力。再也睡不著了，原本鎮在塔下的，或無意被時光掩藏的精魂在床前彎成一圈。我腦裡突然連線上剛剛的夢——那是從來沒有在夢中出現過的阿鐵。（我不禁要審問自己：你有沒有說謊？這是不是隱性的後見之明？）夢境裡是關燈的（我的？）房間，我意識清醒在黑暗裡和幾個室友閒談，不久我才想到——不是看到，阿鐵像一隻孤魂野鬼蹲在靠近門邊的位置。我從床上彈跳在半空中就握好門把，想透過打開門洩洪進來的光看清楚阿鐵的臉。但阿鐵不在那邊。我在走廊上發現阿鐵入住的是隔壁房間。沒有敲門，推門（門竟然沒鎖）而入，發現行李都在，拉鍊全開如一張飢餓的大嘴，窗戶也是開的。最後，就是攀爬經過久無營業的廢棄樓層，搖晃懸於建物之外的不牢靠鐵梯，而我並沒有成功活著（完成遊戲般）抵達頂樓，並沒有辦法在那裡往下眺望找不到人或屍體，忍不住想：是我推他下去的還是他自己跳下去的？

於是犧牲了他的禮物。（被召喚出來什麼？）雖然禮物被滯留、侵占，雖然它成為了一場賭局：賭在未來複數個生日，這樣的心——壓成薄薄一片，只可能播放不順，音質不會改變——抵押在這，賭的是隨時能夠了結，卻也不了結的債權關係。這時，我突然想起那幾篇關於阿鐵而尚未落筆的短篇。那些打好草稿卻不知如何面對的困境，青青紫紫淤在那裡揉不開，不碰也不痛，就像現實中阿鐵的原型、阿鐵的禮物於我的時光中，淤滯岸邊凹進去常處乾涸狀（幾乎認不出）的河道。寫小說也像作夢——只是你必須選擇你要怎麼去做；夢一建好剩下幾乎就是隨波逐流。令我錯愕的是阿鐵——尚未出生的小說人物阿鐵，他竟然站起來，準備要走了，丟下我和我記憶中的阿鐵，並邀我一起走。好像一封還沒有寄出的信，說出的話，送出的禮物，自己產生意識，決定自己當一個不被關係定義的存在。不說那個我原也不甚了解的原型阿鐵，這個阿鐵與記憶中的阿鐵出入也如星系在大霹靂後瞬間拉大，我看著這個擁有大空間的阿鐵，能夠發育良好的阿鐵，做各式各樣體操運動的阿鐵，心裡也著實替他高興。同時我也注意到，我越來越無法讓他在小說中（在我的夢中），遵守手上的劇本說台詞⋯⋯可是這戲如果是為了將我，將隱身的讀者阿鐵與其他，安全地一次次帶回那些無法順利沖走的時間與情感，一切不是都永遠爬不到頂樓，也就是和那個即將要跳下去的自己，重合在一起？令我無比憂傷的是，如果我同意的這個說走就走的邀約，即意味著我將與自己的記憶疏遠，甚至反噬它；意味著我將進入一個阿鐵沒有機會再看到的、終日茫茫大霧的濕地；意味著轉向繩子上的結，兩個真實之中勢必會有一道無法忽略的裂痕。阿鐵，你會怪我嗎，如果我不能再這樣，如此靠近，用我的方式和你說話？

我坐在床邊在我一個人尚未搬離的房間裡拆禮物，透明的外包裝——我們彼此相隔的最終界線——在我的手掌裡曲折多次，如一聲嘆息飄落在地上似乎不曾被需要過。安德拉斯．席夫彈巴赫的《第一號d小調鍵盤協奏曲》。當然，席夫是我個人的偏好選擇。可是曲子是我們的密碼：阿鐵某次談話中提到的曲子，他覺得好，在網路上找了譜寄給我，希望我有空就練練他想聽。密碼本身——瑪德蓮之於普魯斯特——實在無關緊要，它打開的是一整片的記憶細節，代表了我們的債權關係還生效，默契的光線仍能讓彼此清楚看到對方的臉——而這些都是小說人物阿鐵所不知道的。過去的他，由於我那些對著阿鐵說話的慾望，仍然受困在那個意識尚未完全注入的、在邊界擺盪的身體。可是這場夢——或者隨即而至的清醒，已經讓他完成分靈。我焦急地看著應該仍在睡夢中的阿鐵，他不會知道這一刻對這段情誼是這麼的艱難。寂靜的黑暗中，我打開協奏曲的外套，當作棉被把頭蒙住，用記憶對那個已經和我和解的、對現下的我重要得多的阿鐵，做最後的抵抗。

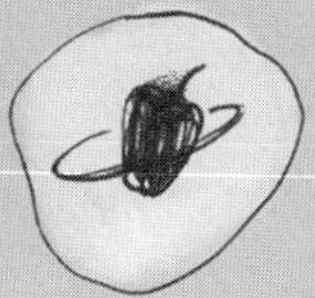

輯四　擦火柴

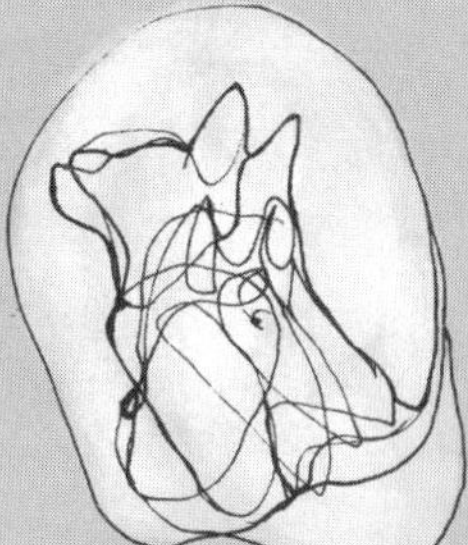

驚蟄

那支固體、卡通、可被握住的黃閃電，掛在鑰匙圈上，是你送的禮物。閃電根部有個小機關，按下按鈕，從內部接連飆出數道白光，原本靜物的表皮變透明，隨光痙攣的節奏，橙黃燈身一脹一縮，有如活物。

聲響同時抵達。見識過這戲碼的觀眾都說：聽覺比視覺更大，是聲音滿足想像。它在半空給我們羅織一小片紊亂的鋼絲絨單人的陰雨雲。按下按鈕，我成為方圓百里內唯一聳立的避雷針。頭髮站立起來，它們極力用各自的尖端接收你的信號，在腦內的視頻播放你預錄的清唱；那個時空錯位的你，濃縮還原的你。我異常信任不在場的狀態：不在的你，住進物裡面，而且充滿力量。不在的你所說的遺言或預言，我都相信，即便你親身來否認。

我遍尋不著那微縮的揚聲器，對這五臟俱全的麻雀另眼相看。俱全是個詭異的說法——因為發聲的嘴巴顯然被刻意隱藏了起來。可是閃電也沒有嘴巴，塑膠也沒有嘴巴，它沒有嘴巴並不能算是一種錯誤。我用指紋探查它身上的孔洞而失敗。光能夠，聲音能夠出來，我卻沒辦法知道如何進入裡面。

若以自然聲響為標準，這必是拙劣的模擬。握著它，受光刺激，我知道它暗示的意思。可是我會不會誤解它了呢？能夠確定的是：我誠實的看待它，就像我對你誠實，就此而言你就不能算是愛人了，可是這讓我更加喜愛你。我檢視這聲音，它也是一種收藏癖的你會喜歡的塑料模型，將事實卡通化的，將細節積木版的，丟進你擅長的函數所製造出來的小怪獸數百之一號。只要我閉起眼睛就能避開，毫髮無傷。我聽到貨車壓過路面，好像躺在路面底下，我聽到貨車壓過路面的聲音。

透過我的試用報告，你的禮物已經以某種樣子轉贈予總是聽我懺悔的第一讀者，給其他第三者，也給最終會讀到這裡的布朗。我不確定這樣的轉贈有沒有道德疑慮。我在腦海裡假設：如果你送我一枝筆，我把它原封不動送給別人，我鐵定不值得你用心對待；如果我用你送的筆，寫一封給別人的情書，你會怎麼說——感到被任意使用的憤怒、快感，你會感受到禮物的意義一閃而逝徒留漆黑的夜空，你會打破長久以來的沉默，出聲責備我嗎？

可是你說，這原本不是要送我的禮物。這是多的、附帶的，是在你整理抽屜時翻到，一個靈感覺得應該屬於我的東西。在紙條上你寫道：「因為你該被雷劈。」又寫：「就別把它當成禮物吧。」這讓我好奇它的身世。你願意告訴我的只有它是出國重複購買的紀念品。我沒有問另外一個被你留下來了，還是也送給了另一個該被雷劈的人？我想看當時你被這隻小閃電打中的樣子。你甚至買了兩次。（同時同地嗎？還是忘記了他又愛上了他？）就像從某種奇特的幼蟲，辨認牠的品種、棲地、牠吃的食物，我是這樣認真對待你一時的衝動：一面養護它，一面觀察它。

我想像它在你認識我之前就已經收在抽屜了，這樣宿命的。我也不無擔心，你購買時曾意圖贈與某一我不認得之男子，因故沒有送出，而轉贈我，在你眼中我是他的重像。我有衝動探詢自己是不是名複製人。可是一想，或許從頭到尾我們或許是彼此不認得的同黨。

這會是你為了重複送禮給我編的故事。這會是你一種對於反覆的偏愛？

我該怎麼詮釋這道閃電？當你說，這不是禮物時，正期待我拿什麼作為交換呢？就在你遞給我的同時也觀察著我，是否正遭受雷擊的懲罰——到底哪種才是正確的反應，當下我無意識地想演出不真實的那種，並深信那是你期待的那種。也許你說的雷劈別具意涵，是你多種收藏類別中獨鍾的皮卡丘，這從來不是十萬伏特，是你示好的友情的尾巴？

我並沒有把它從你的櫃子移轉到我的櫃子存放。即使知道會被耗損，我把它拿出來用，把你也暴露在快速氧化的環境中——放在無聲無光的封閉黑暗中，事物將不復被記憶，而停留在存在與消隱的中間狀態——同此刻書寫之時，我把鉛筆削尖了、筆記本攤開了。我知道唯一能愛你的方式就是把你用壞。

啟用初期，我掛上的每把鑰匙都變成了閃電；數月之後，它自己變成一把鑰匙。沒有想到的是，在電力耗盡前，它掉了下來，好像再也承受不住這一切。沒有光也沒有聲音，但只有一次——你也是這樣使我離開你的。分離時我們體內都還儲藏著對彼此的衝動。這是那年特別漫長的冬天第一次落雷。當它突然失去了日常的功能，被第一次收進抽屜裡時，你再次從土裡復活。接連幾月都是不斷的雨。我並沒有再按下那個按鈕。為了保留一些電，至少再保留一些時間。那小小的電的幼蟲在裡面蜷起身子。它並沒有任何希望。我不忍知道在哪個時刻失去了你。

圍巾

一條藍灰色的長圍巾，塞在隨著腳步而上下跳躍的鮮紅色背包裡，像一隻蜷起身來的寵物，在搖晃中不小心睡著了……。街上，你跟一般的行人沒有不同，沒有人看得到你包包裡的物件，或者知道你不尋常的寵物——頂多多看你一眼，因為你是個趕時髦喜愛鮮明色塊的漂亮男孩。你俐落的短髮，俐落的短袖T恤，俐落而無意的笑容，使街上偶然看你一眼的行人都感到世界雀躍了起來。街上沒有人能夠發現背包裡的圍巾，就像沒有人能發現別人心中的祕密。

你到家時，爸媽都不在，但仔細想想應該是他們已經睡了，於是你摸黑而敏捷的逕自回到自己的房間。好幾年，你們只見過彼此幾次。你還在床裡因為兩三點熬夜上網而呈昏迷狀態，他們會起來煮咖啡、烤土司，然後分別去上班。以前他們會留一片土司在烤箱裡，但發現你從不理會後，某天，你突然注意到烤箱仍是熱的，但裡面一片永遠完整的吐司卻消失了。而當你難得回家時，他們的房裡總是靜悄悄的，連電視的聲音都沒有，但你知道媽沒有這麼容易入睡。你突然覺得通往房間的路很長，家裡怪空的，橘黃色街燈的光昏昏地參差地落在餐桌上、背包、你左半邊的臉上。在你的房門上你幾乎要錯認出一組房號，一間第一次入住而此生不會再下榻的廉價小旅館。

鎖上門後，坐在床上，你把鮮紅包包裡所有的東西一股腦兒倒出來：一台類單眼相機、鉛筆盒、毛了邊的行事曆兼筆記本、怕無聊而隨手不離的小說、圍巾。這些東西和紅背包、和你幾乎是共生的。除了圍巾。你的包包裡幾乎不曾被其他物品占據的。這條半新的針織藍灰素色薄圍巾，因為塞在底層而產生些許皺摺。這不是你的圍巾。你有些莫名的興奮但又手足無措（這時候他該不會已經發現他的圍巾不見了吧？），索性去書桌玩電腦，但所有你所著迷的快速訊息、奇幻遊戲，甚至色情影片，此時都欲振乏力，聚在電腦前，用各種色彩的眼睛迷惘的看著你。而圍巾像條溫柔的蛇，悄悄游進你的心，絞得又瘦又麻。關掉電腦，在床邊有些出神。那不起眼而柔順的表面，幾乎無聲無息，也沒有鱗片。你覺得它是隻睡著的寵物，蜷曲的姿勢讓人不忍驚動，而你卻想照顧它，又不知道怎麼做，只能傻楞楞的僵持，吐不出一個字來。這些皺摺是如此脆弱，你深怕碰觸了它，它就永遠無法再呈現這樣完美而自然的皺摺。它隨時像是要害羞地閃開你的目光呢！又這樣坐在它旁邊愣了一會兒。

這不是你的圍巾，但你熟悉它就像熟悉它的主人。（他怎麼沒有打來？應該是還沒發現圍巾不見了吧？）你對圍巾說你擔心東窗事發，但又期待被抓到的快感。以圍巾的觀點，你的祕密自然不會被洩漏出去；但以寵物的觀點，你就得戒慎恐懼了。這鎖了門的密室之中，就連獨白都是預謀的獨白；你俐落的頭髮就像你俐落的話語。突然有股衝動，你跳起來拉開衣櫃的全身穿衣鏡，把圍巾圍上，第一眼你覺得自己看起來還不錯，調整了一下圍巾的皺摺，再仔細端詳一番，這條略寬的素圍巾讓你顯得有些女性化，存在某種不協調感，但在他身上卻是極好看的，優雅，自信，又帶點俏皮。你換了換角度，對鏡子稍微擠眉弄眼一番，圍巾的邊在嘴角搔癢，灰色讓你的白皮膚更加蒼白。你不自覺地又撥了撥瀏海。

隔天早上，你要離家之前，突然想起要「怎麼處理贓物」這個問題。第一個想法是把它塞回你鮮紅色的隨身背包，但你隨即打消了這個想法，因為你無法適應這個新成員（或是異物）占據你所習慣的空間。於是你想到留在床上的棉被堆中，但又怕不管是家中哪個成員有意或無意的「闖入」房間，這個新陳設在亂七八糟的床鋪仍刺眼異常。你猜媽在你不在時還是會忍不住進來幫你整理房間，而每次你都會有一批物品再也找不到。有一瞬間，你感到焦躁憤怒，覺得這是個多餘的燙手山芋，就像你朋友衝動下認領的一隻醫療開銷龐大的愛滋小貓。圍巾沒有嘴巴不會辯護，卻點燃世界所有的眼睛窺探，所有的耳朵竊聽。但就只有那麼一瞬間而已，隨即你意識到自己竟然在對一條圍巾生氣，像個不懂事的幼稚小孩，不懂勇敢也不懂愛——它是這麼的柔軟，這麼容易弄縐，而且用它薄弱的身體努力地守住溫暖……。

最後，你把它摺疊後塞進衣櫃裡最角落的底層，然後將你的襯衫覆蓋在它上面。一如往常，在你出門前，爸媽早就出門了。今年是暖冬，出遊的日子也就變多了，你暗暗希望時間跟季節可以暫存並能自由調配順序。只是，不久後你發現，你越來越常在掛掉電話後才想起忘記要說的話，這些話造成當晚無法順利入睡。就這麼一個冬天就完了。你收拾一些基本衣物，搬回宿舍，後來也逐漸忘記圍巾的事。

（他始終沒有發現圍巾不見了嗎？）

再次回家，已是一個月之後的事了。你回到家裡時，爸媽應該都睡了：因為門縫裡黑漆漆的。上完臉書，跟幾個損友屁話幾句，然後走去關燈。睡前你躺在床上盯著天花板發呆，一個味道突襲式的鑽入你，它曖昧的縈繞著，一絲一絲，極淡的，一針一線地鑽入，你的眼淚早已不爭氣的湧出，柔軟的灰色的，他的圍巾——他的圍巾！你痙攣似地跳起來，把鮮紅背包的東西倒了滿地，發瘋似地拉開所有的抽屜與櫃子。它竟然不見了！該不會媽……，你感到背脊竄起一陣寒意——不會的，書桌跟床鋪都還保持著雜亂的狀態。你像隻無頭蒼蠅在房間各個角落亂飛亂撞，床上地上堆積起各式各樣未經排序的日用品、紀念物、回憶。就在這時，你猛然煞停在半空中：你知道它在哪裡了。拉開衣櫃的大穿衣鏡，你看到自己狼狽的又紅又腫的眼睛，然後再推開穿衣鏡，看到你的襯衫整齊的疊在那兒。你伸手過去，碰到襯衫溫柔的法蘭絨材質，你突然猶豫了。你感到害怕。

就在過去的那個早上，天還沒亮，你盥洗完畢，坐在床上等時間過去。你的紅包包裡裝了兩份早餐，說不定到約定的時間，早就涼掉了。在你出門時，爸媽都還沒起床，你留下字條：今天跟同學去烏來玩。你愛往外跑，而且總是「跟同學出去玩」，說不定爸媽早就有些懷疑，一想到這，你有點小小的窘迫。這次去烏來比任何一次去烏來還熱，爸媽也曾帶你來過幾次，你似乎瞥見小時的你穿梭在賣山產的老街、台車之間，一路丟下像溪水般的笑聲。他怕熱，把圍巾拿了下來，要有帶包包的你暫時保管。櫻花紅了滿樹，更紅的是你的背包，在步道上隨著腳步跳躍著，彷彿一顆雀躍的心臟。在碧潭分手時，他忘記跟你拿他的薄圍巾，而你卻是故意忘記的。

當晚，就在你從身上拿下圍巾後，你把穿衣鏡關起來，仰臥在床上。那條圍巾躺在枕頭旁，你睜著眼睛，無法入睡。圍巾維持著原本的姿勢，而你卻輾轉反側，棉被發出震耳欲聾的沙沙聲。你像一條圍巾癱軟在床上，而圍巾像隻溫馴的夜行性動物。你翻了個身，用手試探性的碰了碰它，你可以感覺得到它的溫度與氣味，像編織般，一絲一絲，極淡的。你開始用手指慢慢地感覺它的質地，你摸到櫻花的紋路、笑的紋路，在溫泉街他狡黠的笑了起來，它是一條繩索讓你篤定不再在黑暗或夢境中走失。你將圍巾抱在胸前，頭深深地埋在裡頭，每根手指都緊緊抓著，彷彿擁抱自己。

正午的河堤

河裡流的都是今早下的雨，雨不同一般河水，跑起來比較輕。如果人把那些重要的記憶蒐集起來，找個乾淨僻靜的地方曬，或許就在正午，把它們像濕衣服一樣穿起來，讓它們不安地黏貼在皮膚上，尼克或許就真能好好的，語帶誠懇的，把你再約出來一次。

尼克喜歡下過雨的地方，水氣徬徨不知往何處去，他混在其中，像一列有病的青苔，卡進柏油與土地的縫隙。尼克踩過積水，映在水裡的沒亮的路燈像平靜的神像，這麼一來眉宇也焦躁起來。固執的泥斑喜歡尼克的新長褲，散生在褲腳，像是黯淡的記號，凡走過必留下痕跡。尼克喜歡蒸發的時刻，草都特別挺直，河不流向大海流向天空。尼克想把自己弄得透亮，才好再去見你。

所有的感情都是這樣。河水無由地漲起來，哪怕狂風暴雨都是要退的。河岸的鷺鷥善解人意，不去嘲笑。畢竟人不是說散就散，你們還是見面。就像一起泡一壺綠茶，一次又一次，沖到只有滾燙的熱水。

你們早就不相愛了。還好不衝動買戒指。當他看清一切，就喜歡高高地在河堤上散步。他的腳步聲就像籃球在無人的球場穩定的運球。有時也會覺得歉疚。一場晨雨來了又停。他說不出何時開始不再愛你。走到衣服濕了又乾，天氣開始熱了起來，太陽底下的淺淺的河水粼粼刺眼，河底的石頭像是活的。尼克想要單獨一人吃碗豆花，那店裡有一隻貓，牠只在他吃東西時陪他，碗一空，就翻臉不認人了。這樣很好。

擦火柴

說好是約跑步的。你走出寢室裝水，順便看看天氣。走廊空無一人，夕陽把你的影子拉得同走廊一般長，你覺得自己好像也跟著稀薄起來。茶水間已經注滿了夕陽，你拿水壺接水，聽水由低到高的歌聲判斷是否裝滿了。你遠遠的看山下的城市流動著美麗而帶有悔意的夕陽，你瞇起眼睛的臉也是橙豔豔的。

你把水壺放進包包，拿了更換用的衣褲，坐在床邊思索還缺了什麼。你想看起來輕鬆些。但補充熱量的小點心需不需要？要穿哪一雙鞋？對了！毛巾。你想起來。但打開抽屜時又猶豫了。帶一條還是兩條呢？他會記得帶毛巾嗎？你考慮的其實也不是他會不會帶，而是你該不該替他準備。最後你還是帶了。可是，那毛巾的表面搔刮著背包內部，你無時無刻想著那條毛巾，好似無法忽略這多餘的微不足道的負重。

他尚未答覆你的邀約。你坐在床上發呆，像包裹好、準備登機的行李。整理好的包包也靠在床腳。你覺得自己該理性一點，去看看書，規畫一下自己的行程，已經晚了，你有理由不必等他回覆。又或者，你可以大方的給他留個言，改約個比較不緊迫的時間。你開始注意一些房間你從沒注意的細節，例如牆壁上的裂痕，上排書傾斜的角度，微微變形的衣架。有時你緊盯著他未讀的訊息，深怕錯過它從空白變成已讀的神奇瞬間。天暗了，你沒有開燈，電腦螢幕像是深海發光的魚類在幽暗的室內懸浮。你知道今天是去不成了，卻仍不願起來做事，像玩輸的孩子滾在地上賴皮。

他在半夜回你訊息，說他寫論文累了，改天約。

「騙子。」你知道他早就看到你的訊息了。你覺得自己不受尊重，畢竟你們是談過的，你並非無理取鬧。或許他真的在寫論文，躲在他那夜裡就像鬼城一般的研究生宿舍；但更有可能的是，他正和約來的、長相清秀可愛的弟弟廝混。在他把筆電收起來的書桌上，還是他那讓人腰椎生疼的硬板床？你想像那雙沒有臉孔的手，與你不同的，很懂得愛撫的手指，畫著他身上微微起伏的肌肉線條。你是多麼熟悉那些線條，他曾在你的宿舍地板上一上一下地做伏地挺身。那隻手指停在他的嘴唇上，他開始吸吮那隻手指。你快哭了出來，同時熱烈地勃起著。

在分手時，你們說好：保持聯絡，可以一起出來跑步，可以吃飯。你知道他為什麼要分手。他需要男人，不只一個男人——但在關係裡，他這樣的行為甚至想法會被譴責。所以你們還是一樣對吧？一樣吃飯、聊天、跑步。你覺得你們的決定是理性而且成熟的。但你還是無法想像，自己竟然跟他，兩人討價還價的談條件，好像你們擺在面前的是件好買賣，你們客觀的拿它分析並評估它的價值。你們的分手竟比約會談得更起勁，第一次，你們認真規畫關於未來的事。

是的，分手兩個月來你們並沒有什麼不同。你們還是在線上聊天，約出來見面，做愛——雖然這不在你們的約定裡面。每次見面都做。彷彿不透過做愛，你們沒有理由這麼理所當然的見面。你小心翼翼地讓自己這樣想像：他是路上遇到的性感男人，他不認識你，你狠狠看了他一眼，看他在手機軟體裡貪婪地索尋你的存在。（你覺得自己與他都再度性感起來。）你們靠近，急於相交，在公廁搖晃的隔間裡而不是一起回到宿舍。你必須這樣想著。如果一不小心，就要越界。

最近，他約你看一部情慾片，午夜場。你知道散場之後不好回家，公車捷運都沒有了，你也不會騎車——這些他都知道。這或許是個暗示。可以想像，在幽暗的戲院裡你們燥熱難耐，面不改色地越過座位的扶手，握住彼此隆起的褲襠；散場後，你們情慾高漲，身體飽滿，隨時準備大幹一場。你甚至上網查了戲院附近旅館的位置與價位。

但事情並不是這樣。到了約定地點，你發現他也約了他的國中同學。你並沒有失落，你憑什麼失落呢。他的同學跟他似乎達成默契，不尋常的坐在你們之間。看電影時，你分心注意他，他並沒有對他的同學動手動腳。你們真的看了一場電影，無視片中此起彼落的叫喊。散場後各自回家。他也沒問你怎麼回去。你趕上最後一班捷運，下車之後就沒有公車。當你徒步走回山上的宿舍時，幾乎是半睡半醒了。這是你們分手後第一次見面沒有做愛。

其實你都知道為什麼。包括他遲來的回覆，包括那場電影。一天晚上，他來到你的宿舍。你們很久不見，微微地尷尬著。這是他分手後第一次進這房間。房間裡有不少改變，多半是新添的雜物或舊東西彼此互換位置。他沒有細看這些，只是坐在你書桌前的椅子上，像一隻在黑暗中眼睛發亮的街貓。你看不出他的心情。你靠近他，不確定他是否記得你們是怎麼開始的。你試探性的親吻他，嘴唇與後頸，像擦亮一些短短的小火柴。他敷衍著。你以為他有些疲累，於是你脫掉他的上衣，用舌尖挑逗他的乳頭。突然，他把你壓到床上，扒光你，啞著聲音說，保險套呢？

你說沒有。他離開你的上方，坐在床上，冷冷的看著你，好像之前的激動都是為了這一刻準備的戲。他早就知道你沒有準備，而且故意不準備。你覺得窘迫異常，但這難道是你要負責的事？

他光著的上身在牆上投射出巨大的黑影，你不敢逼視，低頭看床單的皺摺。他對你說，沒有保險套他就不做了。而他看起來沒有要去買的意思。你們僵持許久。他赤裸上身而你一絲不掛。最後你在他的注視下自己穿起衣服，出門買保險套。羞恥感一件一件覆蓋你的裸體。當晚，一向溫柔的他，暴烈的進入你，你感到困惑哀傷，同時又迷茫興奮。在這場小地震中，有些東西正在錯動歪斜。他高潮的時候，用力地搖晃你，彷彿想把你叫醒過來。你要知道，這一次又一次的做愛，並沒有建造出什麼來。

咬指甲

分隊長下達指令全體役男伸出手來，洪亮帶些嘶啞的聲音，一支帶有數點鏽斑的銅鐵槌，敲在空氣中某個隱形的關節上，使全體連線的人偶同時無聲地彈起手臂，見習的秦俑幾乎像一群荒謬可笑、賊賊地彎著前臂的偷蛋龍。你在隊伍中手心出汗，強迫伸直的指尖不自主地顫抖。從前排同梯弟兄們的大腿之間，你瞥見鯊魚分隊長在分開的水道逡巡，Z字型的路線向你逼近，沒有人暴露傷口被飢餓嗅到，水壓從前方不斷加強，不再注意分隊長所在的位置了，因為你幾乎無法呼吸。

當分隊長檢查鄰員因練鋼琴而修整得無懈可擊的圓指甲，你以為自己的名字就要被大聲地吼出，所有身邊偽裝的珊瑚都躁動起來。分隊長銳利的眼睛停在你的指甲上超過一般時間，好像有隻虎頭蜂在思考是否該下毒針。緊張的同時，你感到羞恥、竄動的興奮，手心似乎握著一粒冰冷滑溜的球，彷彿自己正在做出大膽的告白，你赤裸地感到自己所伸出的好像不是手指而是其他更私密的部位。

你數隻指頭上的指甲殘破不堪。光禿禿、不得體地覆在前端，瘋狂的貓撕咬過的地毯。透過那些可恥的縫隙，紅色的血肉潮濕地和空氣接觸，輕微的刺激感讓你錯以為是你的祕密躲在底下從縫隙朝外頭窺看。祕密有比你更強大更挑釁東西，此時它正極力爭取對上分隊長的眼睛。你咬著嘴唇，卻聽到手指尖幾乎大喊出聲，喊出你欺瞞已久的事實。得意的食指與中指啊，這崎嶇的頭飾是你罪惡的皇冠！

分隊長從你身前踱開，你感覺一陣酸痛，以為走開的是幾乎沒有心機的漢克。第一次在吃飯時發現你指甲的異狀，漢克還自比為心細如髮的福爾摩斯，發現了雪地上的狗腳印；在你的壞習慣越發克制不住時，漢克並沒有起疑，他是如此單純的人，看到你又無意識而津津有味地將手指放入口中又咬又吸，彷彿上頭是透明麥芽裹著紅酸梅糖，漢克會狠狠地將你的手拍掉。如果是別人這麼做，你必定會恨恨地，露出尖利的牙齒咆哮——不過他是漢克，你戒慎恐懼，將自己縮進陰影，就像不斷後退的海岸線。你心底其實知道自己為什麼會咬指甲，恐怕連被無辜咬下的指甲也知道自己是日記：你忍不住和別的男人偷情的記號。

每次漢克把你的手拍掉時，你一瞬間會變成你們一起養的虎斑貓餅乾。周期性的，牠小月亮般、半透光的粉紅指甲從毛皮裡銳利地伸出來，玩具般的小型鐮刀，幾乎讓人發笑，可是內含傷害的本質。每到指甲過長、不夠鋒利時，牠便開始搜尋可以發洩的物品，其中牠又偏愛你和漢克共用的深藍色瑜伽墊。現行犯一被逮著就會被你們又寵又恨地抓去用刑，將調皮的武器繳械。後來你在以為的可愛惡作劇後面發覺到非常本能非常原始的慾望：當漢克不在家時，你也像餅乾一樣匍匐在地上，在暗處伺候，對著你的目標興奮得渾身的毛都站立起來，你完全地待在貓的裡面，讓陌生的男人從後面強力壓迫進入你，你的口裡渴望咬住什麼，同時又瘋狂地嘶叫，你想問另一隻貓：這種從底下癢到頭皮的衝動就是你的感覺嗎——你極度想要漢克，極度思念他，你要他將手指強力伸進你的嘴裡，你要他不留情地、不把你當作情人地咬傷你的肩膀。

分隊長在隊伍前大聲宣布：第一天的服儀全體通過。為了配合檢查，你服從地在福利社購買了附集屑器的指甲刀——如果這支指甲剪也有本能需要被滿足，該會悲傷至死吧——它得忍受徒然地張著嘴，眼睜睜看身旁同梯的指甲刀被定時餵養；

可是誰又知道，說不定在軍營裡頭你的嘴巴追的根本趕不上指甲跑的速度，它快速修補一切破洞；也許對於出軌的事你不再放在心上了。親愛的漢克，這是否代表你會有個更完整的情人？

這是你進部隊的第一天，漢克丟下課業隨你南下返鄉報到，在公所集合的時候，他孩子氣地哭了，當天你媽花絕大部分的心力安慰漢克，把他當作比較任性的小兒子，他從來不在你的家人面前遮掩他對你的感情。把頭髮剃光，換下便服，削皮一般，無論是哪種蘋果，都暫時隱藏了起來。他和媽遠遠地送你去集合，你並沒有回頭，首先你還隱約可辨像是海上的浮球後來就消融在青皮頭腦匯集的毛絨絨山頭，他們站在那裡直到山頭開始移動。你並不感到難過，事實就是，一點也不。你的果核裡面，有一種體質就是這樣。有時你會質問自己，你對漢克的依賴情感……是一般人所說的愛嗎？你在表皮上需要他，內核裡卻不為所動，甚至裡面還有不被理解的汁液流通，那是還沒有意識的自己；而此刻你短暫地被軍隊剝除。重新穿上時你又會需要漢克。事情不是這樣的。你清楚，當你回到台北、甚至只是靠近你和漢克居住的地方，你不能沒有他，沒有他，你會是活生生地被剝皮。

軍中的夜晚來得特別早也特別黑，就寢號像一張布提前把房間罩了起來。這裡悶熱擁擠的宿舍，掛著高低兩排獨立蚊帳，複製人的培養膠囊，裡面各躺一枚兵，哪一個都可能是你。這個你瞪大眼睛看頭頂的床板，另一個熱得半昏睡；其中一個你在腦袋裡進行推演。

……這時你已經回到台北家裡，你要回家負責餵已經開始生氣的餅乾。不，這時你才剛打開門，餅乾在角落打盹兒。關上門，你被一陣靜默細細密密地覆蓋，就像是誰突然關掉類比電視，小而脆弱的什麼在空氣中碎掉的聲音落滿你的全身。有潔癖的你突然想要打掃，餅乾的掉毛簡直讓人無法忍受。你拿起除塵滾輪開始進行全面性的黏貼。在黏貼我們的房間時，整間地板是你皮膚的延伸，你感覺一陣顫慄，卻不是因為分離的緣故。你有預感今晚會突然明白。地板乾淨異常，貓毛都蒐集在滾輪紙上，像張稀疏的皮草。端詳成果時發現指甲屑。這時餅乾已經醒了。我在遠端看著你將指甲拾起、毫不猶豫地放進嘴巴……

夜間巡邏的手電筒燈直直地打上你的臉。你高高地踞在樹上，雙眼發光，瞳孔緊縮成沒有表情的棍棒。

蚊子

有一天夜裡，你如幽靈般前來。沒有事先打過招呼，直接到了我面前。

「你怎麼變成這個樣子？」我說。

你在我頭頂上飛旋，像在斟酌要怎樣靠近。或許你無意靠近，只是習慣這樣飛，過一陣子也就不會這樣了。天氣熱起來就是這樣，好些本來在暗處安安穩穩的事物，四下無人時就騷動起來——熱只有發汗的人自己知道。

好像瘦了。我在黑暗裡看你，覺得你看來挺悽慘的，過得應該不怎麼好。心疼歸心疼，但心底卻是開心的。你瘦到只剩黑色的影子，連影子都要變成細線，彷彿只帶了一些重要的記憶出門。飛起來更輕了，你怎麼會是這樣子回來？夏天開始之前，你又到哪裡去了？

忽然你在我耳邊唏哩嘩啦說了一長串話。可我沒聽明白。

「怎麼啦？」我說。你卻不說話了。好漫長的等待，好像我專門是為這個等待而躺在這裡的。我倒想聽聽你要說什麼。在自己熟悉的房間裡等著那已經出現預兆的事情。這與我之前的等待是不同的，原本我不抱期待——這張床也不留什麼痕跡，床單是換過的，夜晚像是為了下一個睡眠而設置。但你卻又回來了。回來了卻不說話。我不知道是你不愛說話，還是如今你的樣子讓你不知如何開口。

鳥籠開著。那天，我如往常一樣留下飼料跟清水。這籠子很奇怪，空隙很大，門也容易鬆動，你平時是獨立進出慣了，細細的灰黑欄杆像花萼一般，沒多大作用。平時我常跟你說話，也喜歡看你喝水的樣子。我常常說，該放你自由，孤單的一隻實在沒有道理……即使我睡覺的時候也是孤獨的一隻。那天並非有意，籠子的門忘了帶上，你看似不在意的打盹。我有注意到這事，不過想這也沒什麼大不了，就胡亂睡了。我想我對某些事情太有把握，卻因為這樣的自信，弄了不少誤會。我猜想沒什麼大不了的事，結果卻不是如此。我沒有真的了解你，了解我跟你的關係。以為隨時就能聽你唱首歌的，雖然你只是叨念了幾句。

我不知道你還會回來，我知道你還是你。你就算羽毛掉盡了我也認得出來。我還是能靜靜的看著你飛，不能干涉你飛行的路徑，也不能揮動手臂騰空起來。從沒想過飛走，因為飛行的目的我以為我已經明白。這樣也挺好，即使有些差別。

突然心底一狠用力把你打死。

打開燈一看，你肚子裡沒有我暗紅濃稠的血跡。

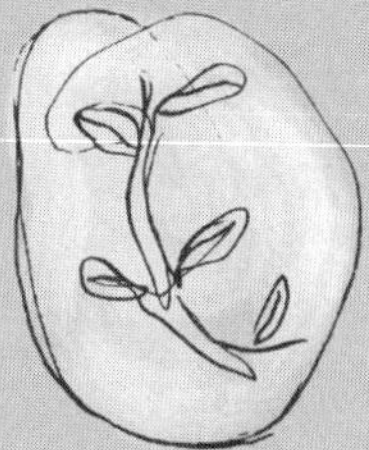

輯五　逆行

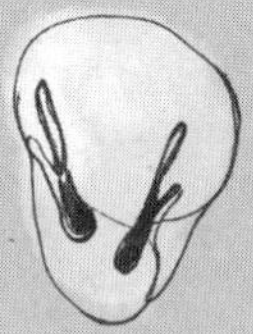

逆行

我和布朗剛從夢中掙扎出來時，已經晚了，黑夜掀起鍋蓋，平原的邊緣透著蒸氣般的金光。被窩裡也包裹著睡眠的蒸氣，我被探進來的一隻金鑰匙開啟，上緊發條，抓起衣服包包，也抓起布朗的並幫他換上，戴上安全帽，下樓梯不斷踩到彼此的手腳，撲上機車，布朗還沒睡醒，騎得飛快，在清晨還沒開始解凍的空氣中呼嘯而過，我貼伏在他的身上，布朗震盪搖晃像台興奮顫抖的機器。幸好大清早路上車子不多，允許他起飛這架沒裝翅膀的飛機。儘管如此，當我們衝進農藥廠的大空地時，大姨和其他親戚還是先出發了。布朗媽媽的車孤零零地停在深綠色的養蝦池旁邊。

布朗放我下來，一個人把車騎走了。我只好先上車打招呼，可是當我一關上車門時卻立即後悔：車裡沒有放音樂或廣播，我和她被暫時的隔絕了起來。四周車窗玻璃有淡淡的水痕。她開始和悅而平靜的說起話，就像靜靜地扭開收音機，她用自己的聲音替代空白的收訊。昨晚布朗和她說過我們會一起來。打電話給布朗前，她也知道那時我們正脫下冰涼的夾克，如跋涉過大半夜的兩隻疲憊的鮭魚，趴在床上在河底的石頭上一動也不動。那是我們打工結束回到小窩的當晚。她打來，告訴布朗隔天她請了假，土地公回娘家。她說你們才剛到就不用回去，可是同時也埋怨了人情的困難——這些都是我從布朗這頭的回應，所反過來推測的倒影。布朗在我的眼睛裡看出了這些倒影。掛了電話之後他說，明天帶你去車城拜拜好嗎？想說你應該沒看過的，只是要很早起……說著，他不好意思了起來。我說好，然後我們一起去睡覺。

車後座堆了她上班的高跟鞋、資料夾，幾顆蘋果放在塑膠袋裡，副駕駛座留給布朗，此時我和她一前一後講話，我對著她的後腦勺，她對著擋風玻璃上想像的對象，對此我們都有一些尷尬也有些鬆一口氣。我等著要接一些點了引線的炸藥。可是投遞過來或許經過了反射的消解，沒有提到布朗，只問了一些打工的事，問我平時喜歡做什麼。我一一回答。不知道回答得算不算好。我像布朗一個不擅應答、離家很久的哥哥，舉手投足不是太過小心就是十分笨拙。

半路上，她對布朗指出路旁的小店。上次她和姊來吃冰淇淋，她沒提到好不好吃可是嫌了貴。她還說，姊想再來吃，到時候一起來。她並沒有回頭看我。我像是蘋果或是其他堆在後座的靜物，隨著車子的拐彎而有些許位移，在另一次拐彎，又無聲無息地回到原位。大半時間我閉上眼睛裝睡。

接上海岸線，衛星進入軌道。這是我們所熟悉的海與路，天空低低的，路蜿蜒地貼伏在島嶼邊緣。坐在車裡不像騎機車有風，不能說話，因為風總是更大聲。不動聲色的被搬運。常常感覺有什麼在窗外不斷經過身邊，回頭張望卻都是尋常的風景。灰雲在清晨的公路上窒礙難行，失去光線。這是我和布朗再熟悉不過的路，甚至在大雨裡，在沒有星星的時候，在吹著車走的落山風中。這次布朗和我脫下安全帽，而且不依靠彼此，感到有一點點的忸怩不安。在平穩的車廂裡做一次白日的逆行。

福安宮

廟旁寬敞的廣場停滿了車，車殼被日光烤得酥脆，帶金屬光澤的熱氣不斷上升。廟前長長的白石階也亮晃晃的，階梯盡頭，六七個小人兒正向我們招手。穿猩紅吊嘎的布朗，早已小猴子似地爬上去，在長輩前鬧成一團。布朗閒不下來，四處話家常，又給大夥兒點香。兩個姪女怯生生地打招呼。

今天來是為了大姨家裡供的土地公，他們在家都喊土地爺爺，每年農曆八月都要回車城福安宮一次。這時已經擺進正殿，和數十尊神像排排坐：一群老小孩，規規矩矩坐在操場朝會，聽校長訓話。他們都有不同顏色的臉（看室內的對流和線香的角度），服飾頭冠也有區別。布朗用手指給我看，可是他指的方向少說也有十來個小老頭兒，沿著布朗手指伸出的金線，壓線的祂們抬起頭來，等著被點名。布朗說祂們不比別家，頭冠是特別訂製的，金光閃閃，比芸芸眾神更是威風。

姨丈拿了祈願卡分配大家寫，湊熱鬧也打發時間。這時我才注意到兩邊的牆上用紅線綁滿紙片，像巨大榕樹的氣根。卡片彼此重疊，有人犧牲左臉有人右臉，有人故意唱雙簧，躲在人家後面。人人都要搬演自家的戲，可是台詞都是一樣的，無非就是：身體健康、事業順利、心想事成。異於套式的字眼這麼銳利，不管在什麼位置都會穿出來。布朗的媽媽把寫好的卡拿給布朗，要他把我們的卡都串在一起。我看到她把剩下的紅線綁在腕上像一個細細小小的手環。

布朗把媽的祈願卡綁起來時，應該看到了上面寫的內容：「請給我力量，接受我不能接受的；請給我智慧，改變我不能改變的。」我們沒有討論。布朗仔細地打好結，把三張卡片串起來掛上去，像一串風鈴。我看到布朗寫的「平安幸福」四個大字在最前面，在風中擺來擺去。布朗則一臉不在乎地拉我去看熱鬧：廣場上就要開始放鞭炮了。

震天響的沖天大砲連發不斷，天空都嚇得發白了，發射隱形的重物完美被使者順利接走。煙硝四散隱藏了那些低調過場的撿球員，以免我們不小心抬頭看見他們的腳底板。廟埕淹滿雲海，一時也分不清楚是把頂上正牌的神殿炸落來恰恰壓垮人間倒影，還是眾人炸飛迷迷糊糊作了芝麻小仙。（猩紅吊嘎棕色手臂的仙童布朗現在在外出差呢，還是在某一間樓閣中？）通往正殿的路上置了好幾排立方小紙箱，每只裡都藏了一隻聲音的龍，朝天竄，一炸一竄，四周的人胸口都震出裂痕。巨大的恐懼，節慶常有的戲碼——將圍觀者的內裡挖空，如挖一枚水果的種籽，而我們心滿意足的看著恐懼已然消失的地方，水果是另一種不明身處何處的中空塑像。滿地預先布的紅鞭炮，蜈蚣地伏在地上等那家的土地公一過牌坊就發作，絆一下地磚就刺痛亮一下。

乩童踏著步法三進一退的移動，狂亂而精準地跨過布滿空中的隱形線，像求偶的金雞。然後他衝向雲霧深處，彷彿為了拯救至親，同時又像一隻隼撲向那深處，彷彿那是麻雀，是非去不可的終點。他把自己當成一隻大拇指試圖揉開煙霧所形成的瘀血，我躲在瘀血的下面游動，他永遠瞄不準的小板塊，感受他的疼痛並因此十分感動。另有一人在身後拉住他，阻止他往深處走，兩人神色凝重的摔跤，有時在場有時遭神隱去，有時只剩痙攣震動的四肢，在半空使勁地抓呀抓：床墊裡暗中使勁的彈簧，積雨雲中的閃電。煙霧散去時，整個廣場的磚與塵土都褪了色，我們得瞇起眼睛壓縮它們才看得到眼前的事物。人們拿出廣告傳單搧風，卻把豆大的汗珠逼了出來。還有更多隊伍緊逼在這隊後，太陽是在這一切背後壓尾的一家。每進一隊，我就在額頂捐獻更多通透的汗珠，因此更加衰弱，心神迷離。

神轎被眾人簇擁，一晃一晃地從牌坊進來。我沒注意到神像，卻被神轎上顫顫的旗子弄得心慌，五色斑斕的旗子晃蕩著，讓我無來由地充滿性慾。不知從何處閃入數名電音三太子，流行舞曲，我看著那些長褲裡的腳，粗壯而靈活；我想像那些巨大的人偶裡，幾乎窒息的狹小空間，充滿自己吐出又濕又熱的氣息；我想像他們的運動，想像我看不到的裡面已經汗流浹背——曲罷，鳥獸散至場邊，馬上脫下神的身體與臉，那些穿吊嘎的少年，有點傻氣有點台，大剌剌地走來走去。我突然注意到布朗不知道何時突然消失了，身邊只剩大姨、姨丈看熱鬧。正當我有點氣惱他任意離去，布朗從人群中像隻小鼬鼠鑽了出來，手上拿了兩個長形紅布包。我細讀上面燙金寫著：平安發財米。他要我帶一包回家裡，一包他留在家裡，說放在米缸裡或把米混著煮都行。他想了想把兩包都給了我。

太陽走到正中央時，姨丈、表哥阿文、布朗要輪流把神像接回來，連我都得軋上一角，因為這些儀式都是男丁負責的。於是阿文領頭，謹慎地捧起神像，然後交與布朗，再由布朗交到姨丈手裡。我提燒著檀香的竹籃引路。眾人跟在姨丈後面。我們步出廟門，荒唧一把陽光迎頭落下，所有人都給照得清清楚楚。一行人緩慢而謹慎地走下白石階，影子都被藏在腳底下。我看著前方，不敢回頭，卻又好奇身後所有的人在幹什麼。這時布朗已經把車子開了過來。我們把神像迎進車裡。

鳳梨

「其實了解一個人並不代表什麼，人是會變的，今天他喜歡鳳梨，明天他可以喜歡別的。」

——《重慶森林》

到現在我還不知道那隻鳳梨到哪去了。

我想起這件事是在分手很久以後，偶然在電影裡看到男主角一個人吃鳳梨罐頭，他很傷心地把三十罐連同湯汁吃完，把那些挖空了心、裝入鐵皮的果肉吃掉，在它們剛好過期的那天，它們連過期都比人還要遲鈍。他將對方愛吃的食物超量地放到自己的身體裡然後嘔吐出來。當然我先想起了還放在我身體裡面的布朗，然後，我想起了鳳梨。

那是我第一次參觀他的新工作環境。在短短一兩周我待在台北的時間內，遠日點的我通過遙遠的音訊被告知辭職的消息，那是不肯好好穿同一件制服的布朗又一次的瘋狂舉動。這次的布朗不再做漢堡與飲料，他找到森林遊樂區的打工，那時還不知道這是他做過最短的工作，不愛曬太陽的他忍受了一個多月過量的陽光，不過這和他的離職並沒有關係。

這段時間實在太短，我幾乎沒有什麼記憶。為了好好把這件事想清楚，我搜尋森林遊樂區的網頁，展開電子的遊園地圖，在高空盤旋，將事物簡化成幾何形狀，讓人幾乎從其中消失，通往這裡悠長的鄉野小路意味著提早一小時起床披薄夾克騎車的清晨並不在視野中，而追趕上班時間的布朗隨時要闖入，在灰藍色的風裡飆過三地門大橋，朝這裡（空中）指著喊，看，老鷹；而在布朗身後緊抓著他的腰，躲在純黑安全帽裡的人就是我。

同樣的我就坐在書桌前，一名遊客，在假想的酷熱中研究著眼前造作的南洋風格建物、缺乏說服力的主題園區和終於令人打起精神的藍色游泳池。我在那些標明數字的小房子裡尋找布朗工作的小商店：我看見標上3的主餐廳，布朗在那領員工餐食而我假裝是遊客毫無嫌疑地在某個涼亭裡享受預備的三明治或飯糰；從19到23

是漂漂河的碼頭；在27號溫室裡培植著紀念品仙人掌，我替他拿著一箱如一群曬太陽的幼稚園兒童，布朗也捧一箱說他要靠種仙人掌賺大錢；在從來沒走完的7號樹林（啊，原來是芒果樹！）旁邊是停好機車的布朗帶我溜進園區的小路。

布朗的小商店沒有自己的號碼，而我消磨多數下午時光九重葛下的長椅更是地圖上的空白地帶。我在細碎的光以及陰影輕薄的葉片下翻書，偶爾看看玻璃裡頭發呆等顧客上門的布朗像一隻琥珀裡的昆蟲，偶爾也替自己慢慢地編劇本：被迫同家人來度周末，不願更進一步妥協遊覽景點，獨自留在商店外的長椅翻書，一個固執彆扭青少年的故事。

看不到長椅上自作多情的演員，可是我清楚想起在他手邊的是這兩本書：《*On The Genealogy Of Morals*》和《吞火》。前面一本讓布朗十分有面子。當我把書攤在桌上用紅藍兩色筆做札記（預備北上後的第一堂課），布朗的同事們鬼鬼祟祟地從小飲料攤、從棕櫚樹後、從布朗身邊經過時從他小商店的柱子後面偷看我，觀察這匹在樹下的野生動物，比較傳說與實況特徵之間是否相符，在他們發現牠並不咬人時，就更湊近一點研究牠的行為。這本書替這匹動物贏得了敬佩，不是因為尼采，而是因為外文。意識到這點後，我十分尷尬，於是拿出後面一本來讀，可是愛特伍讓我更是提心吊膽，偷看禁書般隨時觀察布朗的行蹤，看著書頁大半的時候惶惑不安，讀不進半個字——那些大膽、不惜割裂傷口的傷情詩歌，在多疑的情人眼中足以治罪。

我穿過天窗，從樹頂飛落下來一個大黑影，布朗說，黑冠麻鷺。兩個人看著那隻搞不清楚情況的傻呼呼的鳥突兀地像一滑稽的廣告立牌沒有下一步動作。他們不知道那是我不小心從未來栽了進來。他們看著我而我幾乎要發出古怪的叫聲。布朗和身邊的那人說，這隻笨鳥是他的鄰居而牠的巢在樹上。那人沒有說話，他現在已經將注意力放在布朗對動物們充滿熱情的腦袋上。我想告訴他們未來的事，那些還在路上的事情，他們聽到了一定會捨不得離開此刻，更有可能，他們不會相信這種胡說；可是我只能發出令人發噱的叫聲，而就在小丑的「嘎——」要從喉嚨裡滾出來時，布朗已經帶著我離開，他帶我去看他自製的標本：兩隻蜻蜓一隻獨角仙，他在園區裡撿到牠們的屍體，用飲料杯裝起來，放在陰影的角落讓螞蟻把牠們的肉吃乾淨。

剩下來殼子比想像中更輕，沒有了肉也沒有生命，卻仍像活的，翅膀新鮮透明，藍綠色的蜻蜓、深棗泥色的獨角仙，好像牠們的外骨骼以及組成那些顏色的化學物質，相較脆弱而易改變的生命，更堅持地護衛著原本的樣子。布朗對他的「作品」十分得意，把那些華麗的甲冑陳列在商品架上，只要客人們被他要價不菲的生物裝置藝術吸引駐足，布朗就像所有最傑出頑童一樣面無表情地在櫃台候著。布朗的把戲在園區裡面傳了開來，大家都想知道布朗又有什麼怪點子。

我也等布朗在漫長而沒什麼遊客的平日午後能弄出什麼花樣，而布朗等時鐘告訴他下班。他弄來了一隻鳳梨（園區的特產），藏在櫃台底下。鳳梨就藏在他的腳邊，像一隻不被房東允許的貓，像蹲著的情人，在別人都看不到的地方。他告訴我這個祕密，移了移身體，讓我偷看。我看到那隻鳳梨怒目橫眉挺在陰影裡。在陰影裡它仍不斷發出過熟的氣味，表面更流滲出黏手的金黃色湯汁。布朗似乎比原先更焦躁地看著鐘，用眼神奮力地搬動時間沉重的把手。標本蜻蜓、獨角仙也爬過來吸吮暗地積聚的甜蜜池水。偷偷弄來的鳳梨是布朗給我的禮物，應該不是鳳梨，不知道是因為天氣熱因為等待還是因為偷偷弄來，這即興古怪的禮物讓我十分感動。

可是不知道為什麼，那天下班後我們沒有記得把它帶走，甚至回到家後把這件事都給忘了。那時多半還有許多比鳳梨更重要的事，只是我現在想都想不起來。此時另一件事占據了我的頭腦。因為我喜歡，布朗把蜻蜓標本用兩隻空杯子做成小盒裝了回家。這種包裝在布朗雜亂的房間裡簡直是死路一條，超過八成的可能性壓碎了它八成的身體。此時我正為這份下落不明的禮物感到憂心。

檸檬

我同布朗去過一次大姨的屋子。就近蓋在蝦池旁，一田一田的綠蝦池，養白蝦和泰國蝦，白鷺鷥在其間拍白翅膀，蝦子們在那些飢餓的陰影下，渾身發青顫慄著，把池水都喝光了一半。

布朗說他小時候用石頭打中了白鷺鷥，得意得很，可是全家人都不信他，布朗可是家裡出名的吹牛大師。他們取笑這件事時，布朗就去池子的另一端摘檸檬。沿路把那些檸檬留在路旁的土裡，現在又是一排小樹叢啦，布朗說。

那天聽我們要來，大姨一清早特地放籠子去抓蝦。牠們都聽到了些許騷動，細小的月亮蜷起身子，混在其中。另一種飢餓的影子，幾乎沒有動作卻更貪心，張大嘴巴和胃袋的鱸鰻。大姨坐回門口的竹板凳，紗門的背後浸沐在紅色池水的土地爺爺的神龕。好像在布朗到來前不會再有動作。布朗上大學後已經許久沒有來，吃蝦吃厭了；小的時候，布朗可以自己霸占一盆，像隻貪心的小蝦籠，他可以吃得滿桌都是紅通通的蝦殼，下午撐著鼓鼓的肚子，溜去冰涼的水溝裡抓鱔魚。大姨設想周到，撈起來會是些還沒長成的小蝦，我們可以放心的吃，牠們不認識布朗，沒有任何關於布朗的記憶。

之後，我在他的小窩裡發現一網袋的檸檬，就想像起他丟小石子的模樣。我拿起他用來削水果的摺疊刀將小石子剖開，擠著它的皺成一團像布朗的鬼臉，酸眼淚淺淺地積累在不鏽鋼碗的中央（小窩裡暫時沒有其他洗乾淨的容器了）。他不喜歡對付水果，在飲料店裡工作時，布朗在柳丁、檸檬、葡萄柚的球池游得筋疲力盡。下班太累的時候，他開始微微發燙，只要出現這個訊號，我就知道布朗幾分鐘後就要睡著。要「關機」了。有時他會用從小抱到現在起毛球的白色小毯裹住自己赤裸的身體，用一隻小蝦子的姿態拒絕我對他的愛撫，皺著鼻子半睡半醒的生氣，不知道是對夢境裡的我還是現實的我生氣。有時他沒有縮在我的懷裡，再累都不願意睡覺。（他小心翼翼地將自己倒車進我手臂圈起的停車格。）他用好多個枕頭將我們圍繞起來，白天像是一艘小救生艇，在黑暗中就像躺在一個水池裡面。我弄好蜂蜜檸檬的小池子，準備去門外的冰箱取冰塊。這時他正專心忙著，像玩拼圖般在盤子上排放好小餅乾。時空錯亂的我們，我們通常都在半夜準備兩個人的私人下午茶。

看到半透明的綠色葡萄我也想到布朗。我們在賣場裡看到這些漂亮昂貴的進口水果推銷，布朗試吃後沒多說什麼，有禮貌的示意我離開，可是被我看了出來，他已經暫時被困在那結實甜美的透明果肉裡，只是太過奢侈的罪惡感卡在心中，像是結了無籽葡萄消失的籽一般。我堅持拿葡萄去結帳，布朗心疼我花錢，決定取消今晚預定的消夜。在家吃葡萄——如果還有剩還可以配早餐呢。（怎麼打算都好像十分完美。）我們不看電視，不聽音樂，把葡萄洗好，像是對待首飾一般捧著它們在燈光下欣賞半天。每吃一顆，布朗就對我表演一次「好吃」的表情。吹牛大師布朗總是刻意誇大，但這是我看過最真實的幸福表情。

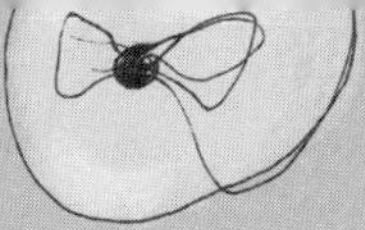

輯六　寫信給布朗

No.1

當完兵後，布朗搬回家住，當他坐在客廳餵魚，讓破碎的紅星星從打亮的缸頂從天而降時，幾乎就像時光倒流一般，四年來的外宿在他身上看不出痕跡，像是剛考上大學，我剛認識卻沒想過有一天會親近的布朗。他搬回去的那天，我並不在場，所以沒有看到他怎麼把我們的阿捲趕進籠子裡、把牠私自用舊衣服和浴室地墊做的小窩回復成原本物品的樣子，我沒有看到布朗把常用來作為看電影區的瑜珈墊怎麼捲起來（有了阿捲之後就又增加了牠淺色的爪痕），沒看到他習慣讓我靠的那粒比較新的蓬鬆枕頭，還有他自己睡扁的我衝動買給他的賣場特價枕頭。可能那時布朗還不知道搬家後會發生什麼事，要不然他怎麼能夠獨自完成這些？布朗以為這是單純的勞動，甚至不用太溫柔，他把凌亂的書桌因為他的疏懶而年代混雜的地層直接拖拉，以為可以將整片生長在上面的花園完整帶走，我們的第一個戒指很有可能就是這樣掉落在夾縫中，雖然他堅稱只是收在別的還沒撕開膠帶的箱子裡。

餵魚的布朗讓自己的臉在魚缸內，許多剛出生的孔雀魚在他顏色虛弱的眼睛與嘴唇穿行，他感覺一陣搔癢，好像魚幻想的分身同時正穿越他的腦袋游向客廳沙發的摺縫裡。布朗看著魚缸內，想像我也在裡面，和他一樣顏色虛弱，像兩只被水草困住的塑膠袋，在水流中有意無意的勾纏著，就像我們去逛水族館，我替他買下這個缸時，布朗趁四下無人時給我的那個吻，被它偷偷寄存影像在透明的心裡面。布朗以為我正坐在沙發上，和那些第一批買入如今已全數死去的孔雀魚幽靈在一起，他感到十分安心，也讓我的記憶不設防地隨時從後方穿過他；布朗也以為如今他所能做的，就是把那個透明的缸注滿水，養好同樣花彩的魚，並定時空降一些淡紅色的希望給牠們（雖然牠們張大了嘴巴，擠開了同伴，卻還是錯過了許多），布朗總是看著那些小小的天使在各個時刻與地點，似乎深怕不被接應而刻意在水中減緩速度，他看到那些小小的可以替牠們多維持一天生命的機會，最後無聲的加入底下的泥土與糞便，而牠們並不知覺這些。布朗以為他可以把自己裝在裡面，裝在我和他共同擁有的透明魚缸裡，他可以趁我走過來查看時，用小小的氣泡表演一些特技，一些我們樂此不疲的小玩笑。他知道怎麼做我會開心。

地磚很冰，我們棲在客廳的沙發上，我枕著布朗結實的大腿看著天花板，聽著二樓傳來的水聲，等布朗的媽媽洗好澡來換我們輪流洗。在這樣的時刻，我第一次來到布朗從小長大的屋子，好像之前換過的幾個租屋都是虛構的家，我們長久以來都在那樣的屋子裡吃消夜、做愛、穿彼此的衣褲，都是在排練某個幻想的生活，就像這樣他所熟悉的一間房子。空間裡注滿了我不明白的記憶氣味，使我微微的煩躁，布朗和我解釋那是他以前養的狗還有牠現在身上病的味道。主人長期不在家使牠得了嚴重的憂鬱症，皮膚病散發出讓人無法忽略的臭味，脫落的毛髮藏在屋子各處好像必須是這樣；牠不配擁有完整的愛。這是因為布朗搬離的後遺症嗎？牠不在客廳，卻彷彿坐在我胸口上，牠如此驕傲地炫耀牠的不幸，讓我感到愧疚可又有些許的不平衡：因為阿捲並沒有跟著來到這個家，牠被寄養在姊姊的租屋裡。阿捲比我更不了解布朗，牠沒有機會跑過國小布朗的獎狀，還有青春期布朗睡過的床單。可是我真的比阿捲更幸運嗎——這些陌生的細節讓布朗被時光海浪沖回還不認識我的樣子，我和阿捲各自在不同的公寓房間裡發出微弱的呼喚。樓上的水聲止住了。

媽來到客廳的時候布朗在哭。她看著剛擰住的水龍頭又鬆了開來。這是我北上的一個月後。我還記得那晚洗澡前，布朗指給我看哪面是他獨力粉刷的牆，雖然沒有痕跡，可是經過他的手指比畫，便在我的眼睛裡留下隱形的界線，我可以照著比例在我房間的天花板畫出同樣的形狀。布朗指給我看過年替家裡布置的桃花，他的那株沒有折短，像一株小樹固定在甕裡，放在客廳雖然有些突兀好笑，不過就像布朗一樣長得十分有精神。是株非常美麗的桃花啊。

等待布朗洗澡的時間，我在房間裡看他新訓的大合照。聽著落在布朗的肩背、胸膛、臀部而疏密節奏不同的水聲，我在一整片迷彩樹林裡找他，伸一根指頭像一隻在叢林中尋索獵物的老虎，掠過所有不認得的面孔，好一隻偏執挑食的老虎。某一刻我以為他不會被我認出，因糟糕的畫質而模糊成一名陌生小兵。弓起來緊急剎停。好小好小的一個布朗，對著他所想念的我燦爛無比的笑著，無比清晰。我用指腹輕輕蓋住他的臉，希望能夠不動聲色的把布朗帶走。合照旁是幾件軍用汗衫，布朗說之後我當兵時拿去穿。連這個我都沒有記得帶走。

因為不能發出聲音，當晚，我們像兩尾魚在寂靜黑暗的水中極盡所能的取悅彼此。在他高中時期的床上，在一個我不認得他的時間裡，在隔壁躺臥的母親的耳朵裡，在一個沒有阿捲的房間。黑暗中，牠在房間裡不安的游走，三不五時跳上床試圖要抓住我或布朗其中一人的腳掌。我們責怪牠。可是牠不應該被責怪的。當一個月後布朗獨自從夢裡驚醒，視力逐漸將家具的輪廓浮出黑暗的水面，發現我並不再會出現在他的任何一張床上時，布朗更覺得不應該責怪阿捲，一次都不可以。在隔壁躺著的母親耳朵裡，即使貓的爪子劃過布朗的心，他極盡所能學阿捲對一切無來由的懲罰不表示抗議。甚至是在他頭髮還沒留好之前。甚至是，他傳了訊息和我說又開始養魚，他還說，「我的桃花都已經結出桃子啦」。在我們決定不再堅持的夜晚，阿捲第一次從姊姊家離家出走了。

No.2

自從發現丹利給我的糖果後，布朗就變成了一隻夜行性動物。當我急忙抓著太陽南下——即使被觀測到布滿可疑的黑子——我試圖抓著我可疑的愛盡力彌補這一切，當我打開房門將虛弱的白光手電筒探照進去，布朗已經變形完成，奄奄一息，一團脆弱易怒的暗影毛皮，上面掛著兩個疲倦而哀傷的紅眼圈。他不想和我說話也不想聽我說話。我把冒犯的燈關上。房間空無一物，三天後是先前約定和布朗一起搬家的日子。那兩枚紅月亮掛在半空像是不知怎麼處理的家具，布朗微微張著嘴，一隻看不出情緒的爬蟲。有時他看著我，看著另外一隻爬蟲。

幾個月過去，丹利的樣子漸漸在陽光中消解，在布朗的記憶裡轉化為某種遙遠的、具象徵意味的建築，同時他幾乎不再恨我了，甚至對我產生了固執的珍惜，似乎不更加愛我便是褻瀆了收留我的決心。我們逐漸在他租的第三間公寓安頓下來，並對於室內的擺設開始定下不同的規則與習慣，比如哪裡是我看書的位置（在小櫃子旁邊的地上但是夠靠近床，能讓趴在床上玩手機的布朗輕易碰觸到），比如說誰負責丟滿地的襪子（當然是他）誰負責洗襪子（當然是我）。

這一切平穩的日常使布朗安心，當我南下找他和他度過幾日時，便是他最安靜溫順的時候，我的在場與清醒守衛著他。那時我對布朗白天的嗜睡偶爾感到不耐。有時是早上的賴床，毀了安排好的早餐有時也毀了午餐；有時是餐後突如其來的昏沉。他說那是平日工作累積的疲勞，至少當時我是這麼相信。有時他也說，不知道為什麼，和我待在房間裡就想睡覺了。每當我起床準備做點事情，布朗會拉我陪他多躺一下，不要開燈，躺了一會兒，我也迷迷糊糊抱著他睡著了。半睡半醒間，我的臉頰隱約感覺到自己在他的枕頭上還沒有乾的口水圈，在我朦朧浮動的視線裡，如一隻很小的蛾的現實的光裡，布朗正看著我，幾乎不令人察覺的吻停在我的臉頰上，他好像不需要更多，好像我是一名對他的愛並不知情的陌生人。在他無止盡的賴床中，多數的時候我被困陷於深沉的睡眠，少數的時候，睏倦的布朗渾身發熱——我已經知道這代表再過幾秒他就要失去意識，縮成暖烘烘的貓，睡得香甜——我不相信自己或任何人能夠睡得這麼甜、這麼毫無防備，似乎不可能被我的任何暴力打擾。

不久我發現布朗並不是真的好了。那次事件沒有造成死傷，可是那粒子彈卻在布朗的體內碎成了花，那些細如粉末的毒素已經不再是原本的面貌，而是以一個我們都不甚了解的方式在他血液裡徘徊，像是夢裡躲在身後的殺手。起先，我和布朗快活地過著我們隔幾周度一次假期的甜蜜生活，並不理會虛擬的殺手，以為那是時間能夠對付的東西，以為那是爆破謊言的遺骸，以為是嫉妒、怨恨；可是令我擔憂的是另外一種可能：布朗已經分不清楚對我的愛與對我的恨，陽光與凍雪在他的眼裡模糊成一片亮白。

有時候是趁我洗澡，但大部分是在我和他激烈做愛後熟睡的後半夜，長大的不安支撐布朗清醒的蠟燭，夜行的布朗爬起來，像一個熟練的探員越過我警戒的手腳（可是卻冒險幫我赤裸的上半身蓋好棉被），張著他發亮的眼睛，逼近床邊的包包，並在我習慣的夾層裡面找到手機，流暢得像是一隻狡猾撬開垃圾桶的浣熊。我的小浣熊發現了他垂涎已久的大餐，捧著它，一口更深卻發亮的垃圾桶，堆滿廢棄的信息、不明的罐頭，發現新世界的布朗，憂心忡忡更沾沾自喜，東嗅一口西舔一下，他背對赤裸裹在棉被裡做夢的我，以為這是直通我更赤裸的內心的蟲洞，他用顫抖的手指碰觸那錯誤的洞穴，分不清楚陣陣痙攣是來自它還是自己劇烈的心跳。那蒙面夜行的小浣熊，同時無辜又可惡的無法抵禦來自內部的呼喚，他被照亮的臉，爬過文字的獨角仙、鍬形蟲，他精緻的鼻子是抹了蜜的陷阱，而更多被釋放出來：整個天都是膨脹的白影子，上面都是黑色的星星。我始終沒有醒來，事後他向我懺悔。

然後他也用偽裝成問候實則探聽消息的訊息打擾了我的朋友。然後他也特地北上做了幾次痕跡過於明顯的示威。

對於這一切我感到被威脅、心疼、愧疚。因為便是用這樣的方式，布朗發現了我的不忠。在那一瞬間他就被困在夜裡，戴著浣熊的面罩，不斷回到同一地點，不自主的機械地繼續挖掘。或許在布朗的心底卡了小碎石——我會在重重廢棄物的底下等他拯救——可是一旦這個幻覺偏移動搖時，他感覺到疼痛。可是需要拯救的並不是傷痕，而是更容易被忘記的白日的事情，是幾乎沒有事件發生的單純的快樂。

我想起兩個人躲到南方打工的暑假，所有的下午都是沒有班的，可是卻常懶於出門，只有不到一半下午待在外面，不到四分之一的下午是在海灘上的。真的好少好少啊。我想到在一個隱密的海灣裡，我們與各種熱帶魚一起全身赤裸地擁吻，熱烈地抵住對方的大腿；我想到我們正午騎車去後壁湖的沙灘，一切都是白的，幾乎睜不開眼睛，布朗的背影是唯一小小的顏色，趕我前頭跑得遠遠的，專注地找著珊瑚砂裡美麗的貝殼，我感覺到熾熱的陽光曬進他脖子、肩膀——他知道我看著所以又走了更遠更遠——到他頭髮與脖子的間隙、到他的肩胛骨、到那些無法注視的白光中，專注地找著美麗的貝殼，那就是當下最重要不過的事……布朗，你現在也正在看著我寫的這些嗎？

No.3

即使是在布朗當兵時，我沒有給他寫過信。每當打開柵欄，第一個就是飛來我身邊曬黑翅膀的鴿子布朗，一名帶著蹺家的滿足與些許愧疚感的天使，連夜趕路，旅途上沒有記憶，彷彿穿越黑夜的深海，直到見到了我才用力的大口吸氣，翅膀都掛著冰涼的水珠。在我手臂搭建的巢裡，他對我說著話，吐著溫暖的氣息在我的臉頰，說著淺淺的音樂一般的失去語意的話，可是每一句聽起來都像是：我很想你，記得寫信給我呀。此時布朗失去了營區內焦慮製成的燃料，忘記等待幾乎使他啄禿自身的羽毛，他昏頭昏腦如一架電力不足的收音機，有氣無力的說：記得……我呀。

現在我後悔沒有寫信給他。尤其是在想念布朗的時候，我努力想要用更多的文字抓住開始氧化變色的布朗，他在我的手中做輕微的掙扎抵抗，就像我們家不愛洗澡的阿捲貓。我用鹽水洗切開的蘋果，我在腦海裡經過他每一種令我想念的樣子我也保留了鹽水。我的信與字在那時已經達到它們價值的高點。寫什麼都是黃金，寫什麼都奇蹟，都是使盲人復明的手。

當時我也努力試過，可是卻不知道怎麼說話。越是誠懇真實的話，看起來越是言不由衷。不經思考就敷衍寫下的我想念你，和殫精竭慮一小時後才用力寫下的我想念你，最終的產物沒有差別，這是多麼令人驚訝啊。我想到相隔兩地時布朗和我的通話中時常出現的空白。無話可說卻偶爾善意偽裝成收訊不良的空白。空白的深淵凝視著我，布朗凝視著我，期待我更努力一點說些什麼。什麼都好。我只會慌亂地開始說些不正經的話，要他模仿我們的阿捲。可是這是千篇一律的套式，漸漸地，布朗有點倒果為因，以為在我心中他不過只是一隻寵物不是愛人。可是，布朗又是這麼甘願的配合我，一次次重複同樣的戲碼。每當空白的籠子出現，布朗就自已乖乖地走進去，變成我養在電話裡的一隻貓。

（事實上，阿捲還比我強些，牠長期居住布朗在廁所裡幫牠做的小窩，天沒亮時固定撒賴叫到布朗爬起來給牠早餐再倒頭去睡，每當布朗蹲馬桶時總是親暱蹭去他腳邊湊熱鬧。我不住那裡的時候，布朗喜歡和牠說話。）

我們都沒察覺的是，我不自覺寫了更多更長的信給布朗。分離兩地時，我常在我隔絕的方形小房間裡塗寫，弄一些虛構與非虛構的實驗，這時布朗會徒步越過空白的紙，我甚至沒注意到他的出現，他不時低頭看看自己是否留下腳印，當然，他沒有帶著鏟子之類的除雪工具。他會像打開柵欄一般打開我麥可筆畫出的方形其中一邊的手臂，探頭看看我是不是在裡面工作，好像我非常有可能在裡面替乳牛擠奶。他貼著柵欄的縫隙看我，像看西洋鏡一樣，我在裡面繼續寫著，並且假裝沒看到他的黑眼珠以及活跳如小金魚的翹嘴唇。分離兩地時，他都這樣接近我的房間卻不進入。布朗喜歡透過惡作劇驚嚇別人，以博得他親近之人的注意，因為他們總會在原諒他的情緒中更加溺愛他。在我夜夜祕密的擠奶中，他熟門熟路地準時報到，一隻固定車頂跳下來領晚餐的虎斑貓。他或遠或近地蹲在作品的空間裡，有時位於畫作中央，有時在畫框邊硬伸出一截尾巴，難怪會被外人以為那團呼嚕作響的小毛球其實是作者的簽名。就像他對我的生活領域做的事一樣：在喜歡以及可能有地雷的地方插上小旗子——布朗大獲全勝。

我寫更長更自私暴烈的信給布朗，也寫一些沒有完全進入正題的溫柔的話。我不打算在收信人大聲呼叫沒有敲門的布朗，像在半睡半醒間不敢亂動，怕把尚且附著在身上夢境的露水抖落。可是一旦落入文字段落，我便在小說的夢境裡低調或高調的使用這個名字，彷彿作夢的人是布朗而我只是不小心從背後進入了他的身體。這裡你必定注意到了，這並不是那種用來對話的信。我所無法面對的是那個因空間上的隔離而得虛設的「你」；布朗只能是第三人稱。布朗不擅長好好待在我面前，或者相反，我總是不能好好待在他面前，被他的眼神的十字瞄準線定位，布朗想看清楚想抓住我的喉結、心臟、勃起的陰莖，可是我說話，可是我用力愛他的時候都是運動的。布朗喜歡有房子、喜歡將死去的昆蟲做成標本的習慣，在在說明了他對一個定點的著迷。他對於家的著迷，對於他出生長大而離不開的屏東，布朗如一尊無法從基座抽身的公仔。布朗只能是第三人稱，就像我影響了他的用餐習慣，在四人餐桌上把他從我的對面換到了我的側面，我在信裡面不打擾他地將他挪到旁邊的位置。也像我們平時一人各選一片的租片習慣，注定在接下來的幾小時輪流在對方選的片子中打瞌睡。在那試圖了解對方而睡著的時候，我和他都是那個被深愛的第三人稱。

我寫那些信給布朗在分隔兩地的時候。見面的時候，沒有信也沒有布朗。多麼短暫見面的時候，在那短短的幾天或幾小時中，我們通常選擇曬太陽睡覺或是擁抱彼此。

後記

記憶不是自由的

記憶不是自由的，當我離開充滿白日及燈光的此刻，衝入黑暗的入口，記憶是在封閉室內的有軌列車，它毫不遲疑地向左迴旋、往右抬升，製造出在無垠星際漫游的幻覺；我張大眼睛看，在點點星光下，粗陋的掩飾被拆穿了，錯綜複雜的路線與機關荒涼地反光：一具龐大、早就存在的古生物骸骨。

正因為發現到，會記住什麼、甚至在什麼時間啟動哪段記憶，都不是我所能決定的；面對這種感傷，我製造另一種錯覺適應它：封閉的、處處無法抵達令人失望沮喪的並不是記憶，倒過來行駛——因為有些記憶留了下來，有些過去也就「必得如此」，我以為那巨大的骨骸就是我的骨骸，我以為那就是「命運」的軌跡。

如果這是關於布朗的記憶，我和他的車廂必定是曾使他摔跌骨折的藍色機車，它載著我們前往各個微小或重大的時刻，下車後，我們吃飯、吵架、參觀動物園，我陪他上班，我們分離，我們帶著不同的心情抵達這段時間所住過的三間租屋，從其中之一已經退租的記憶之屋二樓浴室窗戶望進去，有一半的機會可以看到阿捲安心地在牠所厭惡的蓮蓬頭下睡覺，這景象只有天使或是負責寫詩的我有幸目睹。

大部分有聲音的、有劇情的都是下車時，那些影像總是特別匆促，有時事件的亮光甚至都把布朗遮蓋起來，記憶也十分搖晃無法對焦；當我們騎在藍色機車上時，卻是十分安靜的，我和布朗，我們一起在黑暗的戲院裡等待，等待什麼即將發生——大概又是一次租片店、一次鹹酥雞消夜——這些移動不在記憶內因此也不在時間裡，我無比珍惜。當我和布朗在事件與事件中移動，我總是把手放進他穿舊的防風夾克口袋。現在我伸出雙手，幾乎能馬上放進那副口袋中。

即使現在只是假裝的口袋，我閉上眼睛將手往前探，當我真的摸到了口袋底那個縫線脫漏的小破洞的同時，我和布朗緊密地貼在一起。

然後是他的味道，以及我的味道，不是從外頭，而是從裡頭連接眼睛的孔洞，味道升起，在浴室的角落放蒸氣。布朗的出現使我感受到自己的氣味，氣味是我自畫像的圖框——而眼睛，眼睛多像無助的愛流口水的狗啊，我的眼睛聞到了他所以自己開始流淚。

那是愛躲在牆後嚇人的布朗，是我坐在機車後座看到的安全帽後腦勺。這又有什麼特別的？

在我自己房間裡，看不出任何事情發生前後的差別，我關掉燈，偶爾聽見樓下傳來家人活動的聲音。我知道自己在哪裡，先是回想了幾件最近發生的事，再半摸黑將書架上的幾樣物品更換位置。房間裡堆放了各種空的或半滿的容器：網內互打手機、手機的空殼——布朗瞞著我所買的驚喜，我惱火又心疼他花了兩年繳那些我們一個月後就不用的門號費用，那預支了我們計畫一起出國的旅費；一個果汁瓶（都說了不用啦）在我上客運前布朗不知何時又塞進了我的背包，就像他喜歡又心疼我為他付錢，總在不知何時把剛領的薪水放進我的錢包；提領一空的替布朗存錢的帳戶；許久不再改變地貌、用剩的髮蠟（我們所熟識的造型師直接轉過頭問布朗：這次怎麼幫他剪）；還有止汗劑，喜歡香水的布朗給不習慣用香水的我的禮物，那個瓶子已經空了，還有另外一瓶、另外一瓶，有一排是在和他分開後我無法控制地送給自己的禮物。

這些都沒有造成差別。

我發現到布朗正展示著本世紀最傑出的逃脫術，作為一名無知而期待的觀眾，我將手伸進口袋。這是我們自最後的旅程揮手、幾天後在電話裡決定分開後的第十一個月。現實中的布朗肯定已經不在這虛擬的口袋裡（他告訴我，他交了大學的朋友作男友，離開了校園，一起去同一間公司上班），這個時間，此時此刻，所有的觀眾除了上台代表的我，都知道，布朗已經不在那兒。他們可以大聲嘲笑我、批評我裝傻演技還欠佳，或者好心的當一個體貼的觀眾：假裝自己是我。

記憶中的布朗也像錄著經典魔術的錄影帶一樣岌岌可危。可是——忍住不笑出聲的布朗已經透過機關的小孔瞇著笑眼，看我無所適從的樣子。他變成鴿子飛出窗外，停在每個廣場、高架橋、公園，除了在我的房間裡，他也會在最意想不到的地方現身，比如腳踏車借用站、表現平庸的甜點店，或者，某個早上將我抱在懷中的新情人取而代之。如同我一再強調的，那不是記憶，而是某種情感自時間截斷了之後仍繼續生長的東西。當我站上了機車的舞台，向前伸出雙手，像一名耳聾的指揮家，布朗的背面就變成了音樂。時間裡不存在的音樂。我和布朗緊密地貼在一起。

最後我想要再說一點關於機車的事。小的時候，床鋪是我最喜歡的遊樂場。我會跳上跳下將棉被鋪平，把四個邊向內摺起來，把最喜歡的玩具、空的瓶罐、代表食物的各種物品（因為母親嚴格禁止食物上床）放在裡面，最後自己坐進去，在充足的補給品、我生活所需的一切之中，假裝自己在一艘船上。之後的好幾個小時我都會繼續「假裝」——偶爾會靠岸，可是大多數的時間都漂在沒有任何特徵變化沒有盡頭的海上。旅途中（旅途的結束往往是被父親或母親喊去吃飯），我會和自己說話，真的講出來的那種。我也會替船上製造事件，不過我通常比較在意「我該怎麼做」而不是「到底發生了什麼事」。長大後我把這個遊戲遺忘了很久。這時突然想了起來。我發現在布朗的機車，這台在路上「撞車如撞衫」的藍色 kymco150，我正在玩著一樣的遊戲。而布朗是我有生以來第一個參與這個遊戲的玩伴。在他那台右煞車有點不靈光的車（認識我之前改了很台的閃燈布朗打死不願面對此事），在他喜歡蛇行超速、讓我吃力練習待轉的藍色 kymco150。布朗說該去換機油了。我一個平時不騎機車不懂行情的人，對前頭的他喊，這麼麻煩這麼貴喔。在我們的屁股底下的寶藏箱裡，的確也帶齊了補給品、我生活所需的一切。裡面有兩件雨衣、手套、安全帽以及我們在墾丁撿來還殘留沙粒的貝殼。

九歌文庫 1281

弄泡泡的人

作者	陳柏煜
責任編輯	羅珊珊
創辦人	蔡文甫
發行人	蔡澤玉
出版發行	九歌出版社有限公司 臺北市105八德路3段12巷57弄40號 電話／02-25776564・傳真／02-25789205 郵政劃撥／0112295-1
九歌文學網	www.chiuko.com.tw
印刷	晨捷印製股份有限公司
法律顧問	龍躍天律師・蕭雄淋律師・董安丹律師
初版	2018年4月
定價	280元

書號	F1281
ISBN	978-986-450-182-3

（缺頁、破損或裝訂錯誤，請寄回本公司更換）

國家圖書館出版品預行編目資料

弄泡泡的人 / 陳柏煜著. -- 初版. --
臺北市：九歌, 2018.04

面；　公分. -- (九歌文庫；1281)

ISBN 978-986-450-182-3(平裝)

855　　107003494